A marca FSC® é a garantia de que a madeira utilizada na fabricação do papel deste livro provém de florestas que foram gerenciadas de maneira ambientalmente correta, socialmente justa e economicamente viável, além de outras fontes de origem controlada.

ELIANA CARDOSO

Nuvem negra

COMPANHIA DAS LETRAS

Copyright © 2016 by Eliana Cardoso

Grafia atualizada segundo o Acordo Ortográfico da Língua Portuguesa de 1990, que entrou em vigor no Brasil em 2009.

Capa
Tereza Bettinardi

Foto de capa
© Josef Koudelka/ Magnum Photos/ Latinstock

Preparação
Silvia Massimini Felix

Revisão
Jane Pessoa
Luciane Gomide Varela

Os personagens e as situações desta obra são reais apenas no universo da ficção; não se referem a pessoas e fatos concretos, e não emitem opinião sobre eles.

Dados Internacionais de Catalogação na Publicação (CIP)
(Câmara Brasileira do Livro, SP, Brasil)

Cardoso, Eliana
  Nuvem negra / Eliana Cardoso. — 1ª ed. — São Paulo : Companhia das Letras, 2016.

ISBN 978-85-359-2751-1

1. Ficção brasileira I. Título.

16-03729   CDD-869.3

Índice para catálogo sistemático:
1. Ficção : Literatura brasileira 869.3

[2016]
Todos os direitos desta edição reservados à
EDITORA SCHWARCZ S.A.
Rua Bandeira Paulista, 702, cj. 32
04532-002 — São Paulo — SP
Telefone (11) 3707-3500
Fax (11) 3707-3501
www.companhiadasletras.com.br
facebook.com/companhiadasletras
instagram.com/companhiadasletras
twitter.com/cialetras

Como em turvas águas de enchente,
Me sinto a meio submergido
Entre destroços do presente
Dividido, subdividido,
Onde rola, enorme, o boi morto.

Manuel Bandeira

Sumário

1. Desejo, 9
2. Ausência, 12
3. Águas reviradas, 16
4. O meu nome não é João, 22
5. O Buda da Paz, 24
6. Férias no Rio, 31
7. Chove? Nenhuma chuva cai..., 38
8. Glória, 45
9. A nuvem negra chega do Oeste, e é como a noite, em plena tarde, no meu jardim, 51
10. O meu nome agora é João, 56
11. Ah, na minha alma sempre chove, 64
12. Kalu, 69
13. De mudança, 75
14. Onde é que chove, que eu ouço?, 79
15. Uma noite na ópera, 87

16. Facebook, 96
17. O peso do tempo, 103
18. Colha o dia, 108

1. Desejo

— Estava bom?
Levantei a cabeça e vi João, de pé ao meu lado. Bonitão. Cinquenta anos? Cinquenta e cinco? Retribuí o olhar. Ele continuou ali, os olhos parados nos meus, quase uma provocação, *como uma coisa certa que nos minta, como um grande desejo que não mente.* Entreabri a boca para responder, mas continuei calada. Passei a ponta da língua entre os lábios. Ele apontou o prato vazio:
— Gostou?
Ergui as sobrancelhas, quase debochada:
— É da sua conta?
Ele continuou de pé ao lado da mesa, esboçou um sorriso, explicando que era dono do Cozinha da Kalu, e a chef, sua mulher. E se apresentou:
— João da Silva.
— João da Silva? Com essa cara de alemão?
— Pai desconhecido.
Tive quase certeza de que a anedota sobre o pai desco-

nhecido era mentira. Adiei o interrogatório. Alguma coisa me atraía naquele homem grisalho, talvez os olhos cheios de desejo e que exprimiam determinação em desacordo com o sorriso tímido do homem medroso. Elogiei a comida. Ele agradeceu. Dei-lhe meu cartão. Ele leu com diligência.

— Lindo nome. Se quiser alguma coisa diferente, Ana, é só pedir.

— Pode contar que estarei de volta muitas vezes. Moro perto, chego tarde do trabalho, não gosto de cozinhar e aprecio um bom prato.

Alguns dias depois, João apareceu no meu escritório e lhe prestei alguns serviços como advogada em causas trabalhistas que envolviam empregados do restaurante. Naquele mesmo ano, nos encontramos por acaso no Teatro Amazonas. Se me lembro bem, a ópera era *O barbeiro de Sevilha*. Reconhecemos o interesse comum e daí em diante estávamos sempre conversando no Cozinha da Kalu. Eu jantava. Ele tomava uma cerveja. Tornamo-nos grandes amigos.

Durante os quinze anos seguintes, João me fez muitas confidências. Ao ouvir seus relatos desempenhei o papel de psicanalista, escutando em silêncio. Estou convencida de que ele preferia que eu agisse assim. Ele me disse que ao longo dos anos contara para Kalu, sua mulher, os mesmos eventos que agora me relatava. Não entendia a própria necessidade de relembrar e repetir histórias antigas, examiná-las, botá-las na balança. Depois de anos de silêncio, descobrira a necessidade de repeti-las e apreciava meu ouvido acolhedor. Algo lhe escapava e ele andava em busca de significados que não estou segura de que possam existir. Nem para ele nem para quem quer que seja. Eu escutava.

Hesitei por muito tempo diante da vontade de contar a história de João. Algumas vezes discutimos essa possibilidade e, antes de desaparecer no ano passado, ele me mandou um e-mail dizendo que buscava um novo começo, já não se importava com a opinião dos outros e, se soubesse como fazê-lo, ele mesmo escreveria suas memórias. Deu-me total liberdade para escrever este livro. É verdade que precisei completar algumas lacunas nos relatos de João, usando informações que me chegaram de outras fontes. E evitei sempre qualquer explicação para os fatos que ouvi, seja dele, seja dos outros envolvidos, a não ser os comentários que meus informantes me confidenciaram pessoalmente. Não quero inventar hipóteses a respeito das últimas decisões que João tomou nem sugerir suspeitas. Esta história não é inventada, mas verdadeira. Mesmo quando precisei usar um pouco de imaginação para preencher os detalhes das cenas às quais não assisti. Mas participei de muitas outras, ganhando conhecimento das pessoas que compartilharam da amizade de João, e convivi com elas. Observei o caminho que ele percorreu. Pesei indícios. Estabeleci ligações. E não vou negar que lhe tenho carinho.

2. Ausência

As lágrimas da panela caíram na chapa quente do fogão e dançaram como a chuva que costuma sapatear nos telhados. Da porta da cozinha de azulejos portugueses e equipamentos modernos, Kalu olhou o quintal cheio de poças d'água. O temporal de março de 2015 deixara parte de Manaus alagada por causa da cheia do rio Negro, mas a casa e o quintal estavam a salvo. Junto da moça, uma velha senhora — alta, alerta, bem magra nos seus oitenta e um anos — estremeceu e, abrindo a boca, engoliu o vento.

Segurando o braço da velha, Kalu caminhou com ela para o quintal e a deixou sentada na cadeira à sombra do marizeiro. Entrou de volta na cozinha movendo as formas redondas dentro do vestido leve, para retornar em seguida com a bandeja e o bule de café, duas xícaras e a tapioca coberta de manteiga. Olharam-se sorrindo e debicaram a tapioca. Sentindo a coceira do sal na língua, engoliram com prazer.

O sol se anunciava forte. A velha olhou o céu:

— Como faz calor em Manaus.

— A chuva virá à tarde.

O vento sacudiu a folhagem da árvore carregada de maris, os galhos se curvando a espalhar o perfume das frutas amarelo-laranja que despencaram no chão e acordaram a ausência de João. Por onde andará João? João e seus olhos claros, que mudam de cor, passando de azul-esverdeados a cinzentos que nem céu coberto de nuvens esgarçadas. Por onde andará João? João e seu cabelo grisalho, a cara às vezes séria, às vezes de zombaria, a voz baixa, pausada, passando de firme a indecisa, sem que o ouvinte conseguisse entender por quê. Por onde andará João?

A velha, a mão esquecida no regaço, observava a elegância de Kalu: olhos de avelã como os de um gato e o rosto duro escondendo dos desconhecidos a ternura que guardava para poucos escolhidos. No anular esquerdo brilhava um solitário. Com seu andar cadenciado, Kalu levou a bandeja e foi buscar a tesoura para podar as raízes das orquídeas na sombra perto do muro.

Terminada a poda, Kalu envolveu com um braço o ombro da velha e as duas caminharam para a sala:

— A Jacinta vai vir na hora do almoço.
— Quem?
— Jacinta, a faxineira.
— Não conheço.
— Conhece. Ela vem todos os dias, antes da chuva.
— Sei. A Jacinta.
— Se precisar de alguma coisa, pode falar pra ela me ligar no restaurante.
— Eu mesma ligo.
— A Ana também vai vir. À noite.
— Pra quê?
— Vem ver como você está.

— Desconfio dela. É enxerida.
— Quer assistir o jornal na televisão? Ouvir a discussão sobre o arrocho fiscal?

A velha não respondeu. Estava pensando. Houve um tempo em que acreditou que existia progresso. Ela e seus companheiros iriam destruir os preconceitos, a superstição, a ignorância, a pobreza. Construir uma sociedade em que todos seriam livres e a justiça, rainha. Aos poucos a vida introduziu rachaduras nas suas ideias e ela se deu conta de que o que acontece hoje nem sempre é consequência do que aconteceu ontem. Coisas impossíveis se tornaram realidade e outras, inevitáveis, se desmancharam no ar. As teorias que alimentaram sua segurança juvenil não resistiram à experiência nem à força dos sentidos, sem os quais é impossível viver, comer, beber e ser feliz. A força dos sentidos e os livros. Para ser feliz, ela também precisava de livros, mesmo tendo deixado de lecionar.

A moça alisou o cabelo da velha, que se lembrou de que Kalu estava esperando uma resposta.

— Não, Kalu. Já me cansei de histórias pra despertar surdos.

— Vai perder as novidades sobre as transações do governo...

— Uma vergonha...

Kalu beijou a testa da velha e se foi a caminho do mercado, antes de distribuir as tarefas no restaurante.

A velha deu uns passos até a cômoda no canto da sala. Remexeu nas gavetas, retirando delas uma pilha de cadernos com etiquetas numeradas, envelopes, páginas soltas, recortes. Pôs os cadernos em ordem, o número mais alto embaixo e o menor em cima. Empilhou os envelopes e as folhas. Examinou os cadernos e alguns recortes. Páginas soltas se esparramaram pelo chão. Ela se interessou por um papel amassado e sujo. A letra de João. Parecia uma carta escrita muitos anos atrás. A velha, sentando-se, alisou o papel na saia e recostou-se para ler.

3. Águas reviradas

Com a chave que Kalu me dera para que eu, quando tivesse um tempinho livre, passasse pela casa para dar uma espiada na velha, abri a porta. Eu estava disposta a ajudar durante a ausência de João, na esperança de que a velha tivesse notícias dele. Quando entrei na sala, eu a vi cochilando, folhas de papel esparramadas pelo chão. Olhei uma ou outra, pus as folhas de volta onde estavam e me sentei num canto escuro da sala para descansar os pés; acabei cochilando.

Despertei ao escutar Kalu abrindo a porta da sala, ao chegar já tarde da noite do restaurante, e fiquei no meu canto prestando atenção quando ela se dirigiu à velha:

— Quer ir pra cama?

Silêncio.

Abaixando-se, Kalu aproximou-se da velha que ainda dormitava, a respiração tão lenta que mal se percebia. Nenhuma reação. A moça chegou mais perto e a velha mexeu os ombros. Abrindo os olhos, leu a aflição na cara de Kalu e, lhe acariciando a cabeça, murmurou:

— Calma. Tenha calma.

Desmoronando ao lado da velha, Kalu disse:

— Já não aguento mais essa espera.

Parecia que ia chorar. A velha segurou a mão da moça:

— Conte a história inteira. De onde você veio. Onde encontrou o João pela primeira vez.

— É uma história muito comprida.

A velha tinha tempo, queria ouvir tudo desde o começo. Kalu abaixou os olhos e encheu o peito. Sua voz tremeu um pouco.

— A minha mãe me expulsou de casa quando eu tinha treze anos. Eu estava no ginásio e tinha um amigo, o Raspadinha, proibido de entrar na nossa casa porque era... — e, voltando-se para a velha: — ... daquele jeito, sabe?

— De que jeito?

— Gostava de usar batom e andava gingando a bunda.

— Não acredito que a sua mãe expulsou você de casa por causa da bicha.

— Não, não foi por causa dele. Foi por causa do pai. A gente morava em Belém numa casa pequena. Logo na entrada havia uma salinha com uma porta para a cozinha e outra para o corredor. No corredor ficavam as portas dos dois quartos e a do banheiro. Dez horas da noite e eu estava de camisola escovando os dentes pra ir dormir. Pela porta aberta do banheiro eu podia ver o meu pai de bermudas na cama do quarto lá na outra ponta do corredor. O meu pai gritou Kalu vem cá e a minha mãe apareceu do meu lado não sei como e disse não vá com os olhos bem esbugalhados, não vá. Não posso desobedecer ao pai eu disse e a mãe ficou ali parada muito branca com a boca aberta como se fosse gritar. Passei por ela e entrei no quarto. Corta as unhas do meu pé, o meu pai disse, e me deu um alicate. Olhei aqueles pés calejados de

17

unhas amareladas e senti nojo. Ele disse senta na beirada da cama. Sentei. Ele pôs os pés em cima da minha perna. Corta, repetiu. Tive mais nojo ainda, vontade de empurrar pra longe o pé cascudo. Cortei as unhas duras uma a uma com vontade de chorar. Pronto. Tentei me levantar. Deita aqui do meu lado, o meu pai disse. Não, eu disse. Deita, ele repetiu com olhos fuzilantes de capeta. Deitei. Senti o bafo de cachaça e me virei de lado. Ele respirava forte e se colou às minhas costas, se esfregou na minha camisola e gemeu e começou a resfolegar cada vez mais depressa. Fiquei aflita e prendi a respiração pra não chorar. Ele sossegou e logo estava ressonando. Levantei. Assim que apareci na porta do quarto, vi a mãe no corredor. Ela pegou na barra da minha camisola, olhou a gosma grudada ali e me chamou de puta. Foi me puxando pro meu quarto, me deu um vestido pra eu me trocar, me empurrou até a porta de casa, enfiou um dinheiro na minha mão e disse não volte nunca mais. Quando cheguei ao portão, escutei o choro dela.

A velha abraçou a moça. O que estaria sentindo a mãe de Kalu naquela noite, vinte e três anos atrás? Devia conhecer o marido e, com certeza, sabia que a capacidade de infligir dor é muito maior do que a capacidade de sofrer. Não disse nada durante um bom tempo, só encontrando as mais comuns palavras de consolo:

— Já passou.

— Não passa nunca.

— E você nunca mais voltou?

— Nunca mais. Naquela noite, fui até o bar onde podia encontrar o Raspadinha. Ele disse ai, boneca, a esta hora na rua, e eu lhe perguntei se podia dormir na casa dele. Que casa?, ele disse. Eu estou na rua. Mas tenho uns trocados e uma ideia. Vamos tomar um ônibus pra Marabá. Tem muita gente indo pra lá e ficando rico por causa de Serra Pelada.

Kalu e Raspadinha dormiram na rua e de manhã descobriram que o dinheiro não dava para as passagens. Decidiram procurar trabalho por ali mesmo em Belém. Arranjaram emprego como faxineiros na cozinha da Boate Royal, lavando pratos e panelas. Raspadinha logo encontrou um mulato forte que o levou para Marabá e de lá para o garimpo de Serra Pelada. Kalu ficou em Belém e, em menos de um ano, foi promovida a ajudante de cozinha. Variando de funções, acabou aprendendo o ofício. Sabia ler receitas, era gulosa e tinha força de vontade, acumulando vantagens sobre as outras ajudantes.

Raspadinha telefonou algumas vezes para Kalu na Boate Royal e, da última vez que ligou, disse que o Restaurante Colher de Pau em Marabá estava procurando uma auxiliar de cozinha, e pagava o dobro do que uma cozinheira ganhava em Belém. Kalu pegou o ônibus na rodoviária e foi para Marabá. Era 1983.

Quando Raspadinha morreu esfaqueado, um ano mais tarde, a caldeirada de tucunaré do Restaurante Colher de Pau feita por Kalu, então com quinze anos, já ganhara fama como a melhor caldeirada do Pará. Ela também assava um tatu de primeira e, quando alguém pedia a receita, dizia apenas que ferventava o tatu antes de assar, evitando mencionar os segredos do molho de cerveja.

Kalu recebia propostas de garimpeiros. Respondia de cabeça em pé que estava ali naquela terra de safados, mas não vivia do seu corpo e sim do trabalho na cozinha. Depois fez amizade com d. Vilma, dona não só do restaurante, mas do Motel Tudo Azul, que ficava em frente ao Colher de Pau.

Um belo dia, um bamburrado fechou o motel da d. Vilma

19

para uma festa e ofereceu uma grana preta à madame para levar Kalu a seu quarto. D. Vilma convenceu a menina com jeitinho e a deixou no quarto. O homem montou em Kalu. Nas veias dela correu areia no lugar de sangue e seu corpo virou cimento. O homem perguntou se ela não sabia se mexer e meteu com força. Ela gritou de dor, estendeu o braço, agarrou um cinzeiro pesado que ficava na mesinha ao lado da cama e o quebrou na testa do garimpeiro. Foi um berreiro dos diabos. Ele xingando, Kalu gritando e d. Vilma esbaforida impedindo em altos brados que o garimpeiro esganasse a rainha da cozinha. Ele disse a d. Vilma que nunca tinha visto puta que não gostava de foder. No dia seguinte, Kalu teve uma cistite brava e d. Vilma lhe recomendou que sentasse numa bacia de água com vinagre. A menina não parava de chorar e d. Vilma foi à farmácia e voltou com umas pílulas escuras e Kalu urinou alaranjado durante dois dias e depois ficou boa. D. Vilma pediu perdão, entendeu que o lugar da menina era na cozinha e logo todo mundo ficou sabendo que, se Kalu tinha xoxota, de nada lhe servia. Ela era cozinheira e ponto final. Que ninguém se engraçasse.

 Kalu continuou passeando entre as mesas do restaurante para ouvir as conversas. Perguntava se a comida estava boa e recebia elogios: ninguém naquelas bandas tinha um tempero igual, e a caldeirada era a melhor do mundo.

 Quando João começou a frequentar o Colher de Pau com fones nos ouvidos, Kalu notou que ele era um garimpeiro diferente dos outros: mais alto, mais magro, louro de olhos claros, sempre calado, nunca ia ao motel. Ela sentou-se à mesa do Alemão e perguntou se ele gostava de tatu. Depois disso, sempre que João aparecia, ela se sentava à mesa dele e tentava puxar conversa. A princípio, João achou Kalu miudinha, quase infantil. Depois notou os olhos grandes cor de mel, que revelavam a doçura escondida pela voz rouca e pelos gestos firmes. João percebeu a fragilidade de Kalu e assumiu uma atitude paternal em relação a ela. Com o passar do tempo, ela foi ficando mais à vontade, a voz rouca se amansando, deixando a atitude defensiva menos exposta e a astúcia bem à mostra.

4. O meu nome não é João

Kalu levou a velha para o quarto e, quando ela voltou à sala, anunciei minha presença:
— Acabei de chegar. Está tudo bem?
— Sim, tudo bem, Ana. E você?
Kalu se abaixou e recolheu as folhas de papel do chão. Deixou-as de lado, separou a folha amassada. Disse que era uma carta escrita por João anos atrás, quando ela ainda morava em Marabá, antes da mudança para Manaus.
— Chorei muito quando recebi esta carta.
E para minha surpresa leu em voz alta, com a voz firme, sem mostrar emoção:

Kalu, o meu nome não é João. Aqui me chamam de Alemão e você me conheceu como João da Silva. Ele não sou eu. O meu nome é Manfred Mann. Os papéis de João da Silva estão na mochila que carrego comigo quando não estou na cata. São papéis de um homem inventado. Há muito tempo joguei fora os de Manfred junto com o talão de cheque e qualquer coisa que tinha sido dele. Não quero que me encontrem. Mas preciso lhe contar os meus segredos. Terei que falar da Glória. Em 1982, eu estava casado com ela. Não sei se ela me amou. Oito anos de casamento, eu menos apaixonado do que antes, cheio de assombrações, e aconteceu a tragédia do vilarejo de Várzea Pequena. Aos poucos vou juntando coragem para lhe contar o que preciso desabafar. Tudo começou bem antes do nosso encontro em Marabá. Vou lhe contar uma história que ainda não sei como vai terminar. Quero lhe falar de pânicos e fugas. Não quero ser mais um que fala sozinho e acaba por acreditar nos próprios delírios. Tenho culpa e desgosto. Vou lhe contar o que se passou em 1982, o ano em que fugi de São Paulo para Serra Pelada. O ano da tempestade. Uma tromba-d'água marcando o fim dos dias que armaram a minha desgraça. Ainda posso ver a paisagem com a represa em primeiro plano e os eventos daquela tarde maldita. Prometo, Kalu, você saberá de tudo.

Kalu pôs a carta de lado e me falou daquela quarta-feira em Marabá em que o mensageiro lhe trouxe a carta de João ao Colher de Pau. Tantos anos atrás. Lera a carta muitas vezes e entendeu que João precisava de ajuda. Ficou aflita. Foi difícil esperar até o final da semana, quando ele viria de Serra Pelada. Ele chegou ressabiado, pediu desculpas pela carta. Esqueça, Kalu. Foi numa noite de muita solidão. Escrevi o que me veio à cabeça, sem pensar direito. Mas ela não esqueceu e o abraçou, fazendo muitas perguntas. No começo ele falou de tempestades, ela lembrou. E de uma represa que arrebentara. Ela o escutava procurando entender aquele homem que tinha idade para ser seu pai, mas lhe parecia um filho precisando de proteção e a quem se ama porque se ama, porque o coração manda. Agora, ela me disse, o que queria mesmo era entender o próprio coração. Andava cheia de dúvidas e me perguntou se era possível amar mais de um homem ao mesmo tempo.

5. O Buda da Paz

Naquela noite em que escutei as confidências de Kalu, tanto as que não eram para meus ouvidos quanto as que eram, eu não tinha ideia de onde João se metera. Voltei para minha casa pensando nele ainda menino, quando, na década de 1940, a mãe o chamava de Manfredinho. Em frente a um casarão de dois andares, numa ladeira do bairro de Lourdes em Belo Horizonte, Manfredinho esperava a mãe que se demorava no mercado municipal, de onde lhe trazia caquis. A mãe lavava a fruta e a depositava nas mãos do menino. Mordido, do caqui redondo de pele esticada escorregava o caldo vermelho que lhe descia pelo queixo. A mãe enfiava por dentro da gola um guardanapo de papel para cobrir-lhe a camisa. Depois passava a mão na cabeça do filho e bagunçava seu cabelo como se ele fosse um cachorrinho.
    Quantas vezes a mesma cena aconteceu? Duas? Dez? O bastante para deixar gravada a memória de uma alegria limpa que ele gostava de relembrar, como gostava de recordar o dia em que apanhou no quintal um ovo na gaiola da galinha poe-

deira e perguntou à mãe por onde a galinha botava o ovo. Amélia não lhe respondeu.

Amélia era quieta, tímida, daquele tipo que mais tarde Manfred aprendeu que se costuma chamar de inseguro. Miudinha, sardas no nariz e nos ombros. Sorria muito. Gaguejava. Trocava as letras. E, quando ficava brava, corria de um lado para o outro como uma barata tonta. Com o passar do tempo foi ficando cada vez mais quieta, mais calada, mais triste.

Da infância mais remota, as lembranças guardadas por Manfred incluíam apenas os caquis vermelhos e os ovos da galinha poedeira, momentos completando frestas em histórias que ouvira da família ao longo dos anos.

O pai, Gustavo Mann, tinha trinta anos quando Manfredinho nasceu, numa segunda-feira de 1944. Nos aniversários, Amélia bendizia a segunda-feira, dia do Buda da Paz, aquele com o braço direito estendido, o pulso dobrado para cima, a palma da mão erguida para sustar tsunamis e trazer o sossego. De que lhe serviu? Quando sua hora chegou, não houve Buda que o salvasse do aguaceiro das alucinações.

O avô, Pieter Mann, emigrara da Alemanha para o Brasil aos dezenove anos. Veio num grupo grande, mas, ao contrário dos outros que foram para o Sul, Pieter Mann foi para Minas Gerais. Trazia uma quantia modesta com a qual comprou um sítio que foi aumentando aos poucos, até transformá-lo numa pequena fazenda de gado leiteiro perto de Belo Horizonte. Nunca ficou claro por que ele se mudou da Alemanha para o Brasil. Vivia sem amigos e aprendeu seu português arrevesado com a mulher Betina, filha de imigrantes italianos, com quem se casou em 1913. Gustavo, pai de Manfred, nasceu no ano seguinte. Vinte anos mais tarde nasceria Carlotta, irmã de Gustavo, a quem todos chamavam Lotta.

Lotta veio ao mundo quando o Brasil ainda sofria as consequências da Depressão que começara em 1929. A família, entretanto, passava bem. Gustavo já saíra do internato no Caraças e estudava engenharia; morava em Belo Horizonte e visitava os pais na fazenda nos fins de semana. Os alemães ainda tinham prestígio, naquele momento em que a Alemanha nazista surgia no cenário internacional e Getúlio Vargas tratava de tirar vantagens da rivalidade entre as grandes potências. A participação da Alemanha no comércio exterior do Brasil crescia, e o país saudou com entusiasmo o golpe de 1937. O idílio não durou. Quando submarinos alemães afundaram cinco navios mercantes brasileiros, o Brasil entrou na guerra.

Em 1943, Pieter foi preso. O Exército pôs o avô de Manfred na cadeia em Belo Horizonte com outros alemães naturalizados brasileiros, mas considerados traidores em potencial. A avó e Lotta, então com nove anos, deixaram a fazenda e se hospedaram na casa de Gustavo e Amélia. Muitos anos depois, Lotta contou a Manfred que a avó chorava quando voltava da visita ao avô na cadeia. Ela levava uma cesta com o almoço de Pieter e esperava até que o soldado a trouxesse de volta. Na cesta vinha, sem ter sido tocado, o pão preto de que ele mais gostava, anunciando que não fora o marido quem comera a refeição que ela preparara. O soldado lhe devolvia a cesta com um sorriso de lado, satisfeito e maldoso.

Num bilhete escrito na prisão, entregue a Betina e dirigido a Gustavo quando Pieter soube que Amélia estava grávida, o avô sugeriu o nome do menino: o mesmo de um antepassado, o nome certo para quem procura a paz.

Manfredinho já tinha um ano quando o avô saiu da cadeia. Pieter buscou sua mulher na casa de Gustavo, deixou Lotta para trás e não prestou atenção no menino que mal começava a andar. Uma semana mais tarde, Pieter e Betina foram encontrados mortos, vestidos como se fossem para uma festa de gala, deitados de mãos dadas sobre o edredom azul da cama de casal na fazenda. Pieter deixou uma carta dizendo que um homem pertence ao lugar em que nasce e tem raízes e conversa com elas de forma única e intraduzível. Imigrante, estrangeiro, não pôde fazê-lo. No exílio, isolado no deserto da solidão a dois, transformou-se num fraco e sua vida perdeu o sentido.

Lotta ficaria morando com Gustavo e Amélia. Tendo herdado de Betina um toca-discos, um álbum de Beniamino Gigli e gravações de várias óperas, Lotta ouvia música de mãos dadas com Manfredinho, e nenhum dos dois se importava com os ruídos dos discos arranhados. Amélia costumava se sentar com eles, Manfredinho feliz entre as duas. Lotta punha para tocar o último ato de *Un ballo in maschera*. Manfredinho esperava a deixa da mãe, *"t'amo, si, t'amo"*, e, sem entender o que dizia, recitava de volta *"Sin che tu m'ami, Amelia, non curo il fato mio"*. Amélia dava risada. Lotta, fingindo-se de zangada, dizia que a história era uma tragédia, nada de risos, por favor. Manfredinho pedia para Lotta tocar aquele pedacinho outra vez de novo, de novo, para ouvir a risada da mãe quando ele cantasse o verso de amor, adivinhando quem sabe se aquele riso alegre não haveria de durar.

Aos sete anos, na hora de dormir, depois que a mãe apagava a luz do quarto, Manfred costumava ver duendes, demônios pequeninos pendurados no estampado da cortina. Tomado de pavor, sentia-se paralisado. Tentava gritar e a voz não saía. Suava frio e aos poucos conseguia chamar Lotta, que dormia no quarto ao lado com a porta aberta.

— Lotta.

Nada.

— Lotta! Estou com medo.

Lotta respondia o lamento sem se levantar:
— Medo de quê?
— Do capeta.
— Aqui não tem capeta.
— Tem, Lotta. Está na cortina.
— Não seja bobo.
— Eu estou com medo.
— Então vem pro meu quarto.
— Não posso. Tem um precipício aqui no chão bem do lado da minha cama.

No vão da porta aparecia Lotta. Imensa, linda nos seus dezesseis anos, dentro de uma camisola comprida de um estampado leve cheio de diminutos miosótis azuis. Aproximava-se na semiescuridão dizendo chega para o lado, meu anjo. Deito com você. Mas é a última vez.

Manfred se enrolava bem junto da barriga de Lotta, abrigo certo que definia o tamanho do mundo confiável. Lotta se debruçava sobre o menino, o peito sobre a cabeça dele, uma coxa por cima daquele corpinho encolhido, e Manfred sentia o prazer do contato, escutando o coração dela pulsando na sua cabeça, a respiração que se acelerava e esmorecia; o sono vinha vindo e os capetas sumiam até a noite seguinte.

O pai, que durante a semana só chegava em casa depois que Manfred já tinha ido dormir, no domingo aparecia vestido de calça de flanela branca, camisa de linho e sapatos brancos, carregando a raquete de tênis, de volta do Country Club para o almoço que, sendo no meio da tarde, se chamava ajantarado. Depois do almoço, a mãe servia o café, o pai abria o jornal e falava mal do Getúlio:

— O homem foi forçado a renunciar em 1945. Cinco anos depois aparece de volta, carregado por pelegos, apoiado pelo Ademar de Barros e pela falta de decência deste país.

Dada a senha, Lotta não se fazia de rogada:

— Você é um udenista reacionário, Gustavo.

— E você, Lotta? O que é? E o seu namoradinho? Bando de comunistas.

— A elite não perde por esperar. O povo vai subir com Vargas os degraus do Palácio do Catete.

As brigas continuaram por anos a fio, cada vez mais inflamadas. Tudo era motivo de divergência: a nomeação de João Goulart para o Ministério do Trabalho, o confisco cambial, o custo de vida, a greve dos trezentos mil, a guerra do tostão contra o milhão na eleição de Jânio Quadros para prefeito de São Paulo.

Ansioso, sem entender muito bem o que se passava, Manfred prestava atenção naquelas discussões e sentia pavor quando o tom de voz do pai escalava as alturas. Olhava para a mãe num pedido de socorro. Ela punha o indicador sobre os lábios para que o menino ficasse quieto. O pai lia em voz alta trechos da *Tribuna da Imprensa*. Lotta punha as mãos sobre os ouvidos. O pai exigia respeito:

— Quem sustenta esta casa? Quem vive na minha casa tem que seguir a minha cartilha.

— Eu não estaria aqui se você não tivesse roubado a minha parte na herança do papai.

— Cale a boca. Comunista.

E o pai encerrava a disputa, se levantava bufando, jogando o guardanapo para um lado e a cadeira para o outro.

O alívio chegava no final da tarde, quando Amélia deixava Manfred sair e jogar bola no quintal do vizinho com o Chico. Não se sabe se foi do Chico ou do Manfred a ideia de se mostrarem nus.

— Aqui? No meio do quintal?

— Aqui não.

— Onde, então?

— No chuveiro. A gente diz que precisou tomar banho, porque caiu na lama. Amélia abriu a porta do banheiro bem na hora em que o Chico examinava o peru de Manfred.

— A ideia foi dele.

— Não. Dele.

A mãe não disse nada, mas Manfred passou a evitar o amigo. O que restava era o Carnaval. Amélia dava a Manfred um lança-perfume, um pacote de serpentinas e outro de confetes, que ele estava impedido de abrir dentro de casa: os confetes grudavam no chão e davam um trabalho imenso para catar e varrer. De serpentina e lança-perfume em punho, a família seguia de carro o corso na avenida Afonso Pena. Lotta de cigana, Manfred de pirata, com tapa-olho e espada na cinta, olhavam admirados os homens vestidos com a anágua ou a combinação da mãe ou da irmã, mostrando as pernas cabeludas e cantando a lua cheia que tanto brilha, não brilha tanto quanto o seu olhar.

Durante o resto do ano, escola. Manfred ia de uniforme de calças curtas de xadrez azul e branco, uma bandeirinha azul-marinho, onde se lia "Santa Helena", aplicada no bolso da camisa. Uma vez Manfred pediu à professora para ir ao banheiro, ela negou, ele não conseguiu segurar a urina, que fez uma poça debaixo da cadeira, alimentando a chacota dos outros meninos durante mais de um ano. A mãe disse que não tinha importância, vai passar, mais uns tempos e ele faria dez anos, haveria a formatura do curso primário, talvez ele até fosse escolhido para orador, quem sabe, Amélia e Lotta o ajudariam a fazer o discurso e seria uma grande festa.

6. Férias no Rio

Manfred foi crescendo e aos dez anos já não tinha terrores noturnos nem queria saber de Lotta, que também andava ocupada, sonhando com a formatura na universidade, pois em quatro anos poderia arranjar um emprego e sair da casa do irmão.

No dia 24 de agosto de 1954, a professora levou os alunos para o pátio de recreio: as aulas terminariam mais cedo naquele dia. Nenhuma explicação. A ordem era para que eles se sentassem — de bico fechado — na bancada ao longo do muro do pátio. As mães já tinham sido avisadas e estavam a caminho. Amélia foi a primeira a chegar e pegou Manfredinho pela mão:

— Vamos — ela disse.

— O que aconteceu?

— Estado de sítio.

— O que é estado de sítio?

— De noite o seu pai explica.

Não explicou nada. Foi Lotta quem lhe contou que Getúlio morrera.

— Morreu como?

— Se matou.

Manfred pensou na fúria do pai algumas semanas antes. Fúria incontida. Um ultraje, um descalabro, inconcebível aquela ideia de aumentar o salário mínimo em cem por cento. O que seria o salário mínimo? O que seria cem por cento? Era coisa grave, pois naquele dia até Lotta teve medo de desafiar Gustavo. Só muito mais tarde Manfred ligaria vários pontos e acharia simples a história que aos dez anos lhe parecia tão confusa e assustadora. Getúlio mal se equilibrava no poder. Gregório Fortunato, chefe da guarda presidencial, tentou matar Carlos Lacerda e acabou assassinando seu acompanhante. A oposição cresceu, o cerco apertou e Getúlio suicidou-se. O inconcebível e o cem por cento eram detalhes numa narrativa maior. Se raios e trovões tomam tempo antes de serem vistos e ouvidos, as verdades, mesmo quando chegam aos socos e supetões, demoram a se fazer compreender.

O fato que agora parece importante para Manfred foram as eleições que levaram JK ao poder. Para seu pai, os anos que se seguiram abriram oportunidades. Gustavo parou de defender a UDN nas discussões à mesa de domingo e suas lealdades se viraram para o PSD. Ganhou dinheiro e fez novos amigos.

No verão de 1956, a família foi ao Rio de Janeiro. Uma viagem longa e cansativa. Parte da estrada de Belo Horizonte ao Rio ainda não estava asfaltada. Uma parada ao meio-dia para comer o frango com farofa que Amélia preparara antes da partida, outra no meio da tarde para trocar o pneu furado, e já era de noitinha quando o carro chegou à avenida Princesa Isabel em direção à avenida Atlântica. Uma sensação, que se tornava mais forte à medida que o carro se aproximava da praia, tomou conta de Manfred:

— Que cheiro é esse?

A mãe riu:

— Maresia.

Além do cheiro, o mar ao anoitecer pareceu a Manfred apenas uma estranha massa escura onde não conseguia avistar coisa alguma e que fazia um barulho cadenciado que ele podia ouvir do hotel no quarto de janelas abertas. Seria preciso esperar o dia seguinte para Manfred se extasiar diante daquela imensidão de água que se estendia até a linha do horizonte, se ondulava, se encapelava e se despejava na areia antes de voltar para trás.

A família levantou cedo naquele domingo e caminhou algumas quadras pela rua lateral onde ficava o hotel até chegar à praia. O pai abriu a barraca. Manfred deixou as sandálias e a camiseta com a mãe e correu para a beira da água. Nenhuma nuvem no céu: a claridade doía na vista. Seus olhos se esticaram até a linha que separava o azul-claro do céu do azul-escuro do mar. Depois se abaixaram e ficaram observando a espuma que se desmanchava a seus pés. Manfred notou uma concha, se abaixou para apanhá-la e depois outra e mais outra, e foi andando distraído até ficar com as mãos cheias. Quando olhou para trás, a praia já não estava vazia. Barracas iguais à da sua família se espalhavam pela praia e havia uma multidão em pé e muita gente sentada e deitada na areia. Tentou avistar o pai e a mãe. Impossível. Marchou na direção contrária daquela em que vinha andando, incapaz de calcular onde a caminhada começara, e se deu conta de que estava perdido. Pensou em voltar para o hotel. Estremeceu. Não prestara atenção ao nome do hotel nem ao nome da rua, confiante de que o pai e a mãe cuidariam desses detalhes. Os pés arderam sobre o borralho quente em que a areia se transformara. Moveu-se para a faixa de areia molhada. Perdido em plena luz do dia, em frente ao descampado imenso daquela água sem fim. Nem a brisa do mar trazia alívio à pele que incendiava. A cabeça dolorida entrou a tresvariar. O que ia fazer sozinho na cidade? Morrer de fome. Dormir na rua de calção. Ser preso e mandado para um reformatório. Surras. Curras. Horror. A vista turvou-se com imagens que cresciam de tamanho para diminuir em seguida. Sentou-se na areia. Pôs os cotovelos sobre os joelhos dobrados e teve uma ideia. Poderia ficar ali até a praia esvaziar e então o pai viria encontrá-lo. O sol cada vez mais forte. Entrou na água para se refrescar e uma onda o derrubou e o arrastou de volta à areia enquanto ele engolia água salgada, se debatendo no raso contra o pavor de se afogar. Sentou-se de volta na areia, a cabeça abaixada entre os joelhos dobrados, a pele queimando, a garganta seca, sem reação diante do terror crescente. Lembrou-se da mãe lhe dando um caqui na cozinha. Do aconchego que Lotta lhe oferecia quando menorzinho. Era melhor não pensar naquilo. Pecado. E Lotta não estava ali. Ninguém viria socorrê-lo. A areia brilhava como uma faca de prata. Manfred começou a chorar, os ombros sacudidos pelos soluços. Uma moça veio vindo e lhe perguntou se estava tudo bem. Ele virou o rosto de lado, escondendo as lágrimas, e ela se foi. Ele notou que a praia começava a se esvaziar. Sentiu muita sede, a cabeça latejava. Continuou sentado, uma fraqueza tomava conta do seu corpo, a cabeça tonteava em quase desmaio. Voltou a si e sentiu uma mão forte que se apertou em volta da parte mais alta do seu braço, bem junto ao sovaco, e o sacudiu:

— Moleque!

Era o pai.

— Você quase mata a sua mãe de susto.

Manfred sentiu alívio, as lágrimas lhe escorrendo como chuva pela cara suja de areia.

— Levante. Vamos.

Gustavo precisou amparar o menino quando caminharam de volta ao hotel, onde Amélia os esperava em prantos. A febre da insolação chegou forte. A mãe lhe deu aspirinas e o pai buscou cremes que Amélia lhe aplicou no corpo. As bolhas se alastraram pelas costas no dia seguinte, e pelo resto do corpo durante a semana, a pele se desfazendo em frangalhos à medida que as bolhas estouravam. Coçavam. Ardiam. Mas Manfred respirava, vivo, abrigado.

A temporada de permanente excitação sexual começou naquele mesmo ano, o meninote fascinado por aquele membro que se levantava por vontade própria, confirmando o que aprenderia ao longo da vida: seu corpo sabia das coisas muito antes do seu cérebro entender o que estava acontecendo. O gozo diário o arrebatava: a mão no pau, olhava a glande roxa. Ofegante, sentia a porra se aproximando e o medo de ser pego de imprevisto. Um dia, ao voltar da escola, encontrou um rolo de papel higiênico em cima da mesinha de cabeceira. Quando perguntou à mãe o que o rolo estava fazendo ali, ela disse baixinho:

— Use.

E desviando os olhos como culpada, resmungou:

— Não dá pra lavar os lençóis todos os dias.

No final da década de 1950, o pai começou a falar sobre o Banco Mundial. Os empréstimos do banco estavam crescendo muito graças a novos projetos de barragens e estradas de ferro nos países em desenvolvimento. Quando o banco anunciou a contratação de engenheiros para completar a equipe com residência em Washington, Gustavo soube que, embora não mencionado em lugar algum, havia uma cota informal para brasileiros. Conseguiu algumas indicações, foi entrevistado e obteve o lugar que queria. A família estava de mudança. A mãe comprou malas. O pai vendeu a casa. Lotta, que se formara em Letras, já trabalhava como professora e ficou no Brasil. Manfred antecipou a falta dela. No aeroporto, o nariz escorria.

— Você está chorando?

— Claro que não. Resfriado.

— Sei. Homem não chora.

Manfred reprimiu um soluço. Lotta passou a mão esquerda por dentro do braço dele e lhe alisou o punho com a mão direita:

— Nos Estados Unidos você pode comprar uma vitrola nova e gravações modernas do *Trovatore*, do *Rigoletto*, do *Ballo in maschera*...

Nos Estados Unidos, o pai fez um empréstimo com facilidade, graças a um programa da cooperativa de crédito do banco, e comprou uma casa em Chevy Chase, pertinho de Washington DC, onde ficavam os escritórios em que iria trabalhar. Manfred foi matriculado numa escola pública, onde fez amizade com Fred, com quem passava o tempo correndo atrás das meninas. O futebol, ou *soccer*, como era chamado por lá, saiu de cena para dar lugar ao beisebol, que praticavam na saída da escola e nos fins de semana. E juntos, Manfred e Fred não escutavam óperas, mas o "Only you", enquanto Fred lhe passava informações sobre as meninas que se deixavam beijar. Fred contava sobre a lourinha que tirara o sutiã e lhe mostrara os seios. Manfred escutava calado. Quem passou a infância em Minas engole as emoções e evita confidências à luz do dia. *Oh-oh-only you*. Manfred nada diria a Fred sobre a ruivinha que se negava a sair com ele. *My one and only you*.

O pai viajava muito. A mãe foi ficando cada vez mais

triste. Amélia nem parecia ouvir o que Gustavo dizia nos raros dias em que aparecia em casa. Mas Gustavo persistia na peroração e informava à mesa do jantar sobre o que estava acontecendo na pátria amada. Jânio Quadros tomara posse e proibira o lança-perfume, o biquíni e as brigas de galo.

7. Chove? Nenhuma chuva cai...

Gustavo viajava pelo mundo negociando empréstimos do Banco Mundial. Quase nunca estava em casa. Falava pouco com Manfred, menos ainda com Amélia, e muito ao telefone. Se aparecia para jantar, abria um relatório do qual não tirava os olhos. Se Amélia dizia que a torneira estava vazando, ele apontava na direção do filho:

— Pra que serve o vagabundo?

Quando estava a fim de conversa, Gustavo discorria sobre o significado da vida. Você nasce, sonha com o futuro e quando vê, ele se acabou. Não pense que você é diferente, Manfred. Medroso como é, não deveria nem sonhar. O melhor é se esconder.

Nos dias de bom humor, abria uma cerveja e falava das vantagens de morar nos Estados Unidos, longe do Brasil, onde Jânio Quadros renunciara e João Goulart deveria assumir a presidência. Defensor do impeachment, conformou-se quando o Congresso adotou uma solução de compromisso, com o sistema de governo passando a parlamentarista. Mas, para a tristeza de Gustavo, o presidencialismo voltaria logo.

Todas as semanas chegavam cartas de Lotta, que se mudara para São Paulo. Nada contavam sobre ela. Traziam apenas notícias da política. "As divisões no interior dos partidos refletem diferenças ideológicas", ela escrevia para explicar os blocos que se formavam dentro do PTB e da UDN. A esquerda também se dividira depois do relatório Khruschóv, a população tinha medo da revolução comunista e as Forças Armadas criaram a doutrina da segurança nacional.

Manfred terminou o curso secundário, foi aceito na Universidade de Rhode Island, e lá não apenas se formaria engenheiro civil como ficaria mais uns anos fazendo um mestrado. Fez novos amigos, Bob e John, com quem dividia um quarto no dormitório e tentava sem sucesso conversar sobre o Brasil, falar sobre as notícias que Lotta mandava e que provocavam a suspeita do pai de que a irmã poderia estar envolvida com grupos comunistas. Os amigos o ouviam desinteressados durante cinco minutos. O Brasil era um país remoto demais para despertar a imaginação, e eles preferiam comentar o modelo do avião que sobrevoara o território cubano coletando imagens de uma base militar. Ou discutir a rodada de negociações entre Kennedy e Khruschóv e a retirada dos mísseis apontados para os Estados Unidos.

Nas férias de verão, Manfred visitava a mãe na casa de Chevy Chase e se sentia sozinho. Ela andava mais calada do que nunca e muitas vezes ele a encontrava bebendo na cozinha. Amélia estava se retirando para o interior de si mesma, tentando criar dentro do peito um abrigo contra o destino, trancando-se em defesa dos males do mundo atrás de uma muralha feita das cicatrizes provocadas pela violência de Gustavo. Procurando deixar a menor área possível exposta a novos ferimentos, aprendia a não querer o que desejava.

Gustavo aparecia cada vez mais raramente e, quando o fazia, chegava espumando, batendo portas, empurrando as cadeiras, derrubando copos. Sozinho, tomado de antipatia pelo pai, Manfred lia as cartas entusiasmadas de Lotta falando sobre as propostas de transformação social, seu envolvimento com a Ação Popular e sua crença de que as reformas de base estavam a caminho. De repente, o silêncio. As cartas cessaram. Lotta não chegou a escrever contando que o rumo escolhido por Jango para implantar as reformas por decreto se revelaria desastroso. Nem como as grandes massas com suas bandeiras vermelhas, pedindo a legalização do PC e exigindo a reforma agrária, provocaram arrepios nos meios conservadores e marcaram o começo do fim do governo de Goulart. Não foi Lotta quem lhe deu a notícia de que os militares tinham assumido o poder.

No final daquele ano, Amélia andava colada num livro, *A paixão segundo G.H.* Punha o livro sobre as pernas e ficava parada olhando o teto. Manfred lhe perguntava no que estava pensando.

— Nada — ela respondia. — Só que não existe diferença entre o homem e a barata. São feitos da mesma coisa.

Amélia precisava passar uns dias numa clínica para descansar, Gustavo comentava contrariado. O livro? Uma bobagem. Claro, baratas e mulheres não passam de vítimas. Os algozes podem ser diferentes, mas, no final, não faz diferença quando a desgraça as engole. Talvez de Gustavo, talvez de Amélia, Manfred herdou a desconfiança da vida.

Na véspera do Natal, Manfred dormia quando escutou alguém chorando, um lamento vindo da porta ao lado. Talvez fosse apenas sua própria imaginação. Andava cheio de tiques, vasculhando gavetas em busca não se sabia bem do quê, sofrendo com os mesmos pensamentos que se repetiam com insistência, falando sozinho e tendo discussões consigo mesmo em vozes diferentes. Tinha medo de tudo, medo de tomar o ônibus errado, medo de não encontrar um banheiro se, estando na rua, tivesse de mijar, medo de que escurecesse e não conseguisse encontrar o caminho de casa, medo de ser assaltado, pavor de que a mãe evaporasse diante dos seus olhos, se desmanchasse, virasse um fantasma macio como uma nuvem no céu à noite, como talco encobrindo o horror que um vento removeria e o deixaria só com seu medo. Mas não. Logo teve a certeza de que ouvira um barulho na cozinha. Desceu. A mãe, com uma saia florida que se arrastava no chão por cima da calça de pijama, duas camisetas, xale nos ombros e lenço transparente enrolado no pescoço, parecia um inseto com uma xícara na mão. Um inseto ou uma boneca toda feita de joelhos e cotovelos, rígida, angulosa, sem controle dos braços, que se moviam como os de uma marionete, o ombro do lado direito se levantando em pequenos intervalos.

— Quer um pouco? — ela perguntou ao filho, estendendo a xícara.

Manfred viu a garrafa de uísque quase vazia em cima da mesa.

— Não, mãe. Já é tarde.

— É sempre tarde pra uma mulher desnecessária.

Quando ele subiu para o quarto, as palavras da mãe continuaram a ecoar na cabeça de Manfred. Foram as últimas que ouviu dela. No dia seguinte, encontrou Amélia desmaiada e chamou a ambulância. Ela já estava internada na unidade de tratamento intensivo quando Gustavo chegou. Manfred saiu do quarto por um momento e, quando voltou, viu através do plástico que separava os leitos o pai mexer nos aparelhos ao lado da cama de Amélia. Manfred ficou parado, observando o pai e tentando adivinhar o que ele estava fazendo. Afastou o plástico, e Gustavo, ouvindo o ruído, se voltou:

— Mova-se, aperte um botão, chame uma enfermeira.

Quando a enfermeira chegou, Amélia estava morta. Manfred começou a soluçar muito alto e a esmurrar a parede. Os médicos lhe deram um calmante. Manfred não se lembra do que aconteceu nos dias seguintes. O corpo de Amélia foi cremado. Ele não chorou, o coração feito pedra dentro dele.

Lotta não apareceu. Desde 1964 não mandava notícias. O telefone no apartamento alugado em São Paulo tocara sem resposta quando Manfred convencera o pai a fazer uma chamada internacional para avisar Lotta sobre a morte de Amélia. Também é possível que Lotta nunca tenha recebido o telegrama que Manfred lhe mandara. E desde então não houve entre eles tentativas de comunicação. Manfred saberia pelo pai da passeata dos cem mil, da greve de Osasco e da repressão. Gustavo dizia que Lotta passara da clandestinidade à prisão, destino merecido, ele dizia.

Voltando para a universidade, Manfred sofreu algo que nunca chegou a entender e cuja lembrança prefere evitar. O terror colossal invadindo o corpo. A cabeça latejando, o corpo suando frio, o pulso acelerado, sentiu falta de ar. Caiu esticado no chão, tremendo de medo. Tinha a sensação de que estava sendo engolido por um buraco negro, cada vez maior, mais escuro. O vazio. Urrou sem saber de onde vinha aquele medo monstruoso, aquela vontade de rasgar o próprio peito, aquele pavor.

Bob e John chamaram a ambulância. O médico lhe deu uma injeção e ele dormiu. Quando acordou, o médico lhe perguntou quem era Lotta, um nome que ele repetira durante o surto, e Manfred disse que era uma tia que sumira no

Brasil. O médico fez mais algumas perguntas, disse que a crise se devia ao traumatismo da perda, da morte da mãe, do desaparecimento da tia e que Manfred deveria conversar com a psiquiatra na sala ao lado. Ela fez mais perguntas. Ele contou que não conseguia esquecer a imagem do pai com a mãe na unidade de tratamento intensivo. Disse que pensava todo o tempo na suspeita de que o pai apressara a morte da mãe. A psiquiatra lhe respondeu que isso não poderia ter ocorrido, que a enfermeira teria notado imediatamente se alguém tivesse manipulado os aparelhos no hospital e teria denunciado o suspeito. Ele precisava se acalmar. Ela via um jovem com muito medo, fragilizado por muitas perdas, mas que ficaria bom, e o convidou a voltar ao consultório para procurar entender melhor suas ansiedades e continuar os medicamentos. Manfred não voltou para a consulta seguinte. Preferiu se juntar aos colegas num protesto contra a Guerra do Vietnã. Participou de passeatas e aplaudiu as manifestações dos negros em reação ao assassinato de Martin Luther King. Foi rebelde por um verão.

Chegou o dia da formatura e Gustavo não foi a Rhode Island para festejar com o filho. Estava muito ocupado fazendo o trabalho de pesquisa para o relatório do acordo entre o Banco Mundial, o governo do Brasil e o Fundo Especial das Nações Unidas, que anunciava o desenvolvimento de um programa de quinze anos para geração e transmissão de energia na região Centro-Sul do Brasil.

Depois de formado, Manfred continuou na universidade para fazer um mestrado, e lá estava quando uma moça chamada Emily ligou. Era a secretária do pai. Ele deveria voltar para casa. O pai sofrera um AVC.

Quando Manfred chegou a Chevy Chase, Gustavo já estava morto. Emily, uma senhora filipina, morena, baixinha, com vestido justo, cachecol de seda e brincos de pérola, o recebeu chorosa: já tomara todas as providências funerárias e organizara uma cerimônia para dez dias depois. Perguntou se Manfred queria dizer algumas palavras, ler um poema, participar das homenagens. Ele disse que a emoção o deixaria sem voz e preferiu permanecer calado. Escutou os pequenos discursos sem reconhecer o pai nas palavras elogiosas sobre o funcionário internacional, calmo e conciliador, dedicado ao desenvolvimento e ao fim da pobreza.

Emily apresentou Manfred ao advogado com quem o pai deixara o testamento: para ele, uma conta de poupança pequena e a casa de Chevy Chase, com a hipoteca já quitada e, para Emily, um expressivo seguro de vida. Manfred esvaziou gavetas, queimou papéis. Emily organizou uma *garage sale*, vendeu os móveis e objetos da casa, dividiu a receita com Manfred e telefonou para o Exército da Salvação, que buscou as roupas de Gustavo. Manfred contratou um corretor para vender a casa e voltou para o Brasil com dinheiro suficiente para comprar um apartamento em São Paulo. Poderia procurar uma colocação sem pressa, mas ficou satisfeito ao se ver contratado alguns meses depois de sua chegada pela empresa de engenharia e construção de Damião de Barros.

Terminar com a ruivinha, que conhecera ainda no tempo da *high school* e conquistara aos poucos, foi mais difícil do que Manfred imaginara. Ele queria a liberdade de voltar solteiro para o Brasil, outra parte de si tinha pavor de encarar a solidão na cidade desconhecida, e o choro dela o deixou cheio de culpa.

8. Glória

São Paulo recebeu Manfred quando o Brasil ainda gozava o milagre econômico, os militares reinavam impávidos e Geisel sucedia a Médici, prometendo abertura política: lenta, gradual e segura. E a entregou lenta, titubeante e insegura.

Apesar da crise internacional do petróleo, os negócios continuavam bons para os grandes investidores. Mostrando-se um engenheiro competente e dedicado na firma de Damião de Barros, Manfred tornou-se o homem de confiança do chefe, participando de reuniões com outras empreiteiras. Naquelas reuniões se decidia, antes de cada licitação, qual das empreiteiras apresentaria o preço menor para ganhar o contrato. Tudo com o conhecimento de Zé das Pontes, senador influente e bem-falante, cuja campanha eleitoral Damião financiava.

O desafio da situação desconhecida deixou Manfred ansioso. Sentia medo e não sabia bem de quê. À noite tinha pesadelos e sofria de dores no corpo que, como sempre, entrava em pane antes de o cérebro saber dos conflitos escondidos nas suas dobras. Alívio e distrações, entretanto, já estavam por chegar.

    Todos os meses, d. Lindinha, mulher de Damião, recebia convidados na bela mansão do Jardim Europa. Manfred, que já estava trabalhando com Damião havia quase dois anos, se viu convocado para o jantar de gala, onde conheceu Glória.

    Glória. Gloriosa e linda. Bela como o precipício ou uma nuvem de trovões. O vestido tomara que caia, sem adornos, que acentuava de leve a cintura, espichava-se reto até o chão. Os cabelos quase negros e presos num coque deixavam ver as orelhas e os brincos de diamantes pequenos. Ela aproximou-se sem nenhuma timidez de Manfred e se apresentou. Era filha de Damião, disse. O pai falava sempre do engenheiro. E sorrindo, continuou:

— Como é a vida nos Estados Unidos?
— Normal.
— E em São Paulo? Já se acostumou?
— Claro. A gente se acostuma a qualquer lugar.
— São Paulo não é qualquer lugar.
— Não. Claro que não. Só em São Paulo existe uma mulher bonita como você.
— Quer mais um drinque?
— Não. Estou bem.
— Esse uísque tem vitamina.
— Então tudo bem. Mais um.

    Ela riu. Fez um sinal para o garçom, pegou o copo de Manfred e o depositou na bandeja. O garçom estendeu outro copo com gelo e despejou uísque com vontade. Os olhos de Manfred pararam em Glória mais uma vez. Ela voltou a sorrir:

— O que você vai fazer neste fim de semana?

    O que ela viu em mim?, pensou Manfred. Lembrou-se dos tempos na universidade. Bob dizia que você nunca sabe por que uma garota gosta de você. Você anda chateado porque tem espinhas e a camiseta está desmilinguida, e... bingo! Pode ser a camiseta velha que faz a garota prestar atenção em você. Difícil entender cabeça de mulher. Bem. Manfred não estava de camiseta velha, mas de smoking alugado. Mandara fazer um terno novo no alfaiate que Damião lhe indicara, o terno chegou junto com o convite impresso, e só então ele se deu conta de que fora convidado para um jantar a rigor. O alfaiate lhe indicou uma loja onde podia alugar o smoking.

Manfred olhou Glória nos olhos:

— No fim de semana? O que você mandar.

E lá foram eles para uma boate. Dançaram durante horas. Os braços dele em volta da cintura dela, puxando-a para bem junto de si, sentindo o perfume delicado da pele coberta de pó de arroz quando ela inclinava a cabeça no seu ombro. Chegou os lábios junto do ouvido dela:

— Você é linda. A coisa mais linda.

Ela levantou o rosto e tinha os lábios úmidos quando Manfred beijou-lhe a boca de leve. Depois, fechou os olhos ao retribuir o beijo. Ao caminhar para o automóvel no estacionamento, Manfred segurou a mão de Glória, mas não ousou dizer que estava apaixonado.

Em menos de um ano era um homem casado. Glória já fora casada e tinha se desquitado um mês antes do primeiro encontro com Manfred. Naquela época ainda não existia divórcio no Brasil, e os dois viajaram a Montevidéu para cumprir as formalidades que d. Lindinha considerava imprescindíveis. Uma festa de gala reuniu a família de Glória e seus amigos, já que Manfred não tinha parentes, e seus conhecidos se resumiam aos colegas apresentados por Damião.

Aos poucos, Manfred começou a ver em Glória mais do que a mulher elegante que ela revelava à primeira vista, sempre bem vestida e maquiada. Se, acordando no meio da noite, a encontrava lendo, a cabeleira solta em desalinho, olheiras negras em volta dos olhos, ela se recompunha e lhe perguntava se precisava de alguma coisa. Manfred jamais se deu conta de que nunca perguntara a Glória se ela precisava de alguma coisa. Ela estava sempre ali a seu dispor na sua generosidade sem limites. Aquela mulher intelectualizada tinha um notável senso prático, os pés firmes no chão. Foi ela que ensinou Manfred a se vestir: levava-o às lojas e o fazia experimentar calças, camisas e gravatas. Explicava como combinar uma peça com a outra, que sapatos usar. E era tão gentil que poucas vezes ocorreu a Manfred que ela fazia aquilo talvez porque não apreciasse sua maneira acanhada de se vestir. Ela o julgava? E ele? Ele a estaria julgando também? O neto do modesto alemão de Minas se revelava incapaz de alcançar a generosidade natural da grande dama paulista? Não. Ele adorava ser casado com Glória, centro das atenções em todas as festas e reuniões, e gostava de andar à volta dela, apropriando-se da vida que ela criava sem lhe exigir nenhum esforço. Glória era uma daquelas pessoas raras, que realmente adoram que as coisas sejam o que são e não as condenam por não serem outra coisa. Manfred incorporou de Glória os julgamentos brandos e coloridamente progressistas em matéria de política, muito distantes do radicalismo de Lotta. E, naquela época de vacas gordas, Manfred se esqueceu de que um dia tivera uma família e substituiu o significado da vida que Lotta lhe deixara entrever pelos desejos de Glória. Perdeu a sensação de abandono que o perseguia desde que Lotta sumira do mapa. A vida com Glória o livrava da solidão e, por algum tempo, dos pesadelos recorrentes que o tinham atormentado desde sempre. Se ele parasse para se perguntar o que lhe interessava de verdade, teria de confessar que nada. Ele incorporara as preferências de Glória e aquilo lhe bastava. Ela lhe ensinara tudo o que ele precisava saber. Como ter prazer com os pratos refinados de cozinheiros famosos ou com as visitas aos museus e galerias de arte, e até como adotar o passatempo que tinha sido seu e de Lotta no passado e ficara esquecido na época de Rhode Island: ouvir óperas. Algumas lhe traziam de volta a emoção que na infância partilhara com a mãe e com a tia praticamente irmã, uma emoção que nunca conseguira entender, aquela alegria que nunca voltou a se manifestar, e as óperas foram ocupando cada vez mais horas na vida de Manfred.

Os negócios começaram a diminuir quando a situação financeira do Brasil ficou mais difícil com a ameaça de moratória externa, mas não chegaram a abalar os interesses de Damião. Ele e o senador, sócios numa usina de açúcar no vilarejo de Várzea Pequena, providenciaram um financiamento subsidiado para construir uma represa em frente à casa de hóspedes da usina. Manfred, sendo engenheiro, encarregado de verificar os cálculos dos encontros (as superfícies laterais de contato com as margens do rio) e do vertedouro (o órgão hidráulico para descarga da água em excesso em período de cheia), caprichou na escada de peixes que lhes permitiria vencer o desnível imposto pela barragem. Viajava a Várzea Pequena a cada quinze dias para supervisionar as obras. Chegava de volta cansado e Glória não estava em casa, sempre ocupada com bazares e festas, onde se fazia acompanhar do filho de Zé das Pontes. Se Manfred esboçasse uma reclamação, a cara de desgosto de Glória era suficiente para ele se calar. Punha uma ópera no aparelho de som. Depois voltava ao trabalho, refazia cálculos, despedia empregados, contratava um novo chefe de obras...

Damião o convenceu de que poderia usar um material de

segunda no levantamento dos barramentos, as superfícies mais ou menos verticais que limitam o corpo da barragem. Manfred argumentou que, se alguma coisa desse errado, os barracões perto da represa seriam inundados. A força da água quando uma barragem arrebenta é medonha. Muita gente poderia morrer. Acabariam na cadeia. Damião ria:

— Gente rica vai pra cadeia?

E, ainda rindo, perguntava a Manfred de onde vinham aqueles melindres. Onde ele estava quando assinara os contratos superfaturados para construções de estradas e pontes? Onde estava quando pagara propinas para o pessoal que liberava as obras? Não, dizia Damião, não estavam na cadeia e nunca estariam.

A conversa de Damião não irritava Manfred. Pelo contrário, acalmava-o por uns dias. Depois a cabeça voltava a fabricar por conta própria os mesmos pensamentos: o fim da ditadura, uma mudança de governo, uma investigação, e seriam multas, a ruína, a cadeia.

Glória parecia não perceber o que estava acontecendo com Manfred nem o porquê daquela inquietação. Quando ele desabafou, falando dos seus escrúpulos, ela disse que não entendia, o pai sabia como proceder, apenas encontrava caminhos adequados para evitar exigências sem sentido. Nós pagamos impostos, não pagamos? Depois desconversava. Mudava de assunto. Sugeria um cinema. Perguntava se Manfred precisava de um Valium.

Os pesadelos voltaram. Neles, ondas gigantes o engoliam, água que virava cascalho e cal, um céu que se partia e pela fenda infinita despencavam facas, lobos, moedas e água. Muita água.

9. A nuvem negra chega do Oeste, e é como a noite, em plena tarde, no meu jardim

Final de tarde em março de 1982. Manfred gosta de estar só na varanda olhando a represa que levou tempo calculando e construiu em frente à sede da usina de Várzea Pequena, no interior de São Paulo. Goza o silêncio enquanto o sol desce atrás das nuvens que se refletem na água. Aos poucos, luzes começam a pipocar nos barracões que ladeiam a barragem. O ventilador assobia. Um vento inesperado acorda a paisagem e sacode a água, formando ondas pequenas.

Alguém abriu as duas folhas da porta que separa a sala da varanda com um estrondo. Manfred escuta passos e se volta. Damião de Barros e o senador Zé das Pontes aparecem no batente carregando seus copos quase vazios. Sentam-se e as cadeiras de vime rangem.

Gordo, não muito gordo, calvo, de óculos, Damião parece meditativo:

— Vai chover.

— Chover?

— Deu no rádio. O senador e eu vamos embora. Já mandei o piloto aprontar o avião.

O senador Zé das Pontes também não tem a figura esbelta. Enfeita o rosto com uma barba em forma de colar e um bigodinho:

— Tenho que estar em Brasília ainda hoje. — E começa a enumerar os compromissos do dia seguinte. A voz do senador é fluente, abundante, clara, carregada de inflexões sedutoras, sem prejuízo da autoridade.

Com a voz rouca, Damião concorda:

— Claro, senador. Em duas horas estaremos lá.

O piloto acena do jardim. Tudo pronto. Damião deposita o copo no chão:

— Vamos e voltamos pra inauguração no domingo.

Em seguida, pergunta a Manfred se ele trouxe o dinheiro para pagar os empregados.

— Claro — ele diz. — Está no porta-luvas do Passat.

— É melhor trazê-lo pra dentro de casa.

— Vou cuidar disso — diz Manfred, e se levanta com a mão estendida: — Até domingo, Damião.

— Até domingo, Manfred. E a Glória?

— A Glória vem amanhã com a d. Lindinha pra supervisionar os preparativos.

— A Glória na direção?

— Não, não. O motorista foi buscá-las em São Paulo. — E, voltando-se para o senador: — Até domingo.

— Até domingo, Manfred. Obrigado pela atenção que você e a Glória dão ao Pontes Filho.

— Como, senador?

— Até domingo.

Manfred observa os dois, que se afastam apressados enquanto o céu escurece e começa a relampejar. Estranho agradecimento do senador. Quando Manfred estava em Várzea Pequena, Glória se fazia acompanhar de Pontes Filho em lançamentos de livros e quermesses beneficentes, onde ele exibia grande generosidade. Não seria ela quem deveria agradecer as doações? Difícil entender como Damião e d. Lindinha tiveram uma filha bonita como Glória, alta, sofisticada, a voz ritmada e sem hesitações. A mulher de Manfred era tudo na vida dele. Talvez ele tenha se apaixonado por Glória por ela ser o oposto da mãe. Glória... encarnação da força ardente da vida, mulher rara, exibicionista, surpreendente. Manfred senta-se outra vez. Tenta se concentrar na figura esbelta de Glória, única e múltipla, poder das trevas e do sol do meio-dia. É melhor esquecer as observações sem sentido do senador. Mais difícil seria esquecer os próprios pesadelos com dilúvios e tormentas. Tenta se acalmar, não vai acontecer nada, a represa respeitou a margem de segurança. A represa não vai estourar. Os lucros incharam a conta no banco. Logo Manfred estará livre dos arranjos de Damião e Zé das Pontes. Pode voltar para os Estados Unidos. Fazer um curso de especialização em outra área. Encontrar outros caminhos. O que Glória diria desses planos?

 O céu está cada vez mais escuro, carregado de nuvens trazidas pelo vendaval que derruba os copos abandonados no chão. Manfred levanta-se e tenta agarrá-los, mas o vento os arrasta e eles rolam para o jardim. Merda. O ventilador se desprende da tomada e voa atrás dos copos. Trovoadas se sucedem, e a água despenca com força. Os olhos de Manfred procuram a linha do horizonte. A represa é uma mancha preta, cada vez mais agitada, o horizonte cada vez mais inatingível. A chuva se transforma numa sucessão de pancadas fortes. Manfred pensa em entrar, estica o corpo e desiste. Não se importa de ficar encharcado. As luzes dos barracões se apagam, a sede também fica escura, a chuva continua inclemente. A quase imobilidade do final da tarde transformara-se em dilúvio sinistro. Manfred continua ali ainda por muito tempo olhando a tempestade. Vinte minutos? Uma hora? Um estrondo forte o assusta. Há barulho de águas em revolta. Gritos ao longe? Sim. Gritos. Vozes. Clamores. O horror toma conta dele. Manfred pensa na devastação total das paisagens de guerra quando lhe vem a certeza de que a represa se rompeu. Sente-se pior do que o soldado no campo de guerra, pior do que as pessoas nas cidades devastadas. Bombas aéreas deixam parte de paredes em pé, algumas árvores, restos de calçada, cemitérios. A água da represa não poupa coisa alguma, levanta as árvores pelas raízes e as espalha a perder de vista. Destrói todas as casas da ribanceira e soterra vivos seus habitantes. Manfred ouve gritos misturados ao barulho da chuva. Movimenta os braços com fúria. Corre para o Passat, a chuva desmanchando seu corpo, as mãos de água, os pés de lama. Arranca o carro, que derrapa no barro trazido pela chuva e avança incerto. Logo Manfred alcança a estrada asfaltada. Acelera e dirige sem rumo por muitas horas. Procura controlar a tremedeira. É difícil enxergar através do vidro embaçado. O aguaceiro continua a cair como uma cortina pesada que espelha a luz dos faróis dos carros zunindo na direção oposta à dele. Quando a estrada se bifurca, não toma a saída para São Paulo. Dirige em direção ao norte. O Passat derrapa na lama e Manfred se assusta quando quase sai da estrada perto de uma ribanceira. Se me atiro ribanceira abaixo... Deixaria de sentir o peso do bloco de concreto na garganta. Escuta o rugir do temporal. Vai ser preso? Glória vai se envergonhar dos seus pés de barro e do marido que ajudou o pai a roubar os cofres públicos e foi descoberto como engenheiro incompetente e bandido? Errou nos cálculos? Imbecil. O resto da vida na cadeia, dormindo na cama de pedra, pau, plástico e papelão, sem música, sem mulher, com fome, com frio, no escuro cheio de fantasmas. É o fim: o vento que arrasta, a tempestade que açoita, o estômago que queima. Um cachorro atravessa a estrada. Morrer. Melhor morrer do que essa agonia e essa cabeça latejando. Trinta anos de cadeia sem Glória. Que utilidade teve a carreira? Manfred pensa que precisa parar, mas os pés continuam a pisar no acelerador. Para onde ia? Para longe. Depois pensaria no que fazer. Desorientado, não consegue ler as placas de sinalização na estrada. Aparecem luzes mais à frente. Diminui a marcha ao ver ao lado de um carro parado um homem que agita os braços. Abre o vidro, a água entra pela janela, e fica difícil entender o que ele diz. Desastre? Acidente? Inundação? Melhor não dirigir com esse tempo? O homem quer que ele pare no acostamento. Arranca o carro e acelera ainda um pouco mais, perseguido por criaturas inexistentes. *O inferno está vazio: estão aqui todos os demônios.* Exausto, Manfred continua a dirigir por muitas horas. Encontraria um motel. Descansaria. Poria as ideias em ordem, beberia uns tragos.

10. O meu nome agora é João

Manfred precisava dormir. A cabeça pesada parecia crescer a cada quilômetro rodado em fuga da enchente no vilarejo de Várzea Pequena. Precisava encontrar um motel. Veio-lhe um desânimo extraordinário. Ia ser descoberto, agarrado, preso. Parou num posto de gasolina e indagou onde ficava o motel mais próximo; um garoto apontou para o estacionamento e uma construção baixa pintada de cor-de-rosa logo ao lado. Manfred sabia que não poderia usar cheques nem cartão de crédito se não quisesse ser pego. Esvaziou os bolsos. Tinha quinhentos cruzeiros e três notas de vinte dólares na carteira. Não iria longe com essa miudeza. Glória sempre dizia que um homem não anda sem dinheiro. Onde estaria ela? O que estaria pensando? Aqueles trocados seriam o bastante para pagar um motel e algumas refeições. Manfred se lembrou do dinheiro no porta-luvas e respirou aliviado ao dobrar o envelope grande e enfiá-lo dentro da camisa. Deixou o Passat no estacionamento, pediu um quarto e pagou.

Mesmo deitado, a cabeça não lhe dava descanso. Arranjaria um bom advogado. Falaria pouco, quase nada, para não criar contradições. Quem seria o advogado? E o senador? Ia transferir a responsabilidade ao engenheiro. A palavra de um contra a do outro. De que valeria sua palavra? Qual a diferença entre o verdadeiro custo do açude e o financiamento subsidiado do governo? Esqueceu a correção monetária? Não. A inflação não explicava o tamanho dos reajustes nos preços. Quem era o responsável pela obra, dr. Manfred? Quer pegar os verdadeiros culpados, senhor promotor? *Follow the money. Follow the money.* Atordoado, não se lembraria de dizer que era impossível fazer um cálculo exato, e o promotor o olharia com um sorriso irônico. De que lhe valeu o diploma de engenheiro? Nunca se viu tamanha falcatrua. O interrogatório rolaria por uma eternidade. Manfred tinha calafrios. A febre começava a subir. Levantou, pegou um cobertor no armário. Escutou uma chave rangendo na fechadura e tudo sumiu de chofre quando Manfred mergulhou num poço escuro.

Quando acordou, o sol ia alto. Foi até o banheiro, cortou em pedacinhos a carteira de identidade, os cartões de crédito, os talões de cheque, a carteira de motorista. No estacionamento, não encontrou o Passat. Voltou à portaria.

— Bom dia.
— Boa tarde. Esqueceu alguma coisa?
— Não encontrei o meu Passat no estacionamento.
— Não somos responsáveis. Não viu o aviso?
— Será que roubaram?
— Acontece.
— Não tem vigia?
— Não é problema nosso. O senhor terá que registrar a ocorrência. A delegacia mais próxima fica em Diamantina.

Alguém ia sumir com o Passat. Melhor assim. Entrou na lanchonete, bebeu café com leite, comeu um pão com manteiga na chapa. Viu um caminhão parado perto da bomba de gasolina. Pediu uma carona e ofereceu vinte dólares ao motorista. O motorista disse que ia para Salvador, não precisava pagar, mas embolsou o dinheiro. A viagem foi longa. O motorista disse que Manfred estava acabado, verde, com cara de chapado. Manfred coçou a barba de dois dias e explicou que estava viajando de carona, sem dormir. O motorista não prestou muita atenção: estava mais interessado em contar casos de mulheres na beira da estrada e se queixar do custo de vida, da exploração dos patrões e da canseira que era aquela vida. Manfred cochilou e pulou no assento, assustado, nas duas vezes que o motorista parou para comer alguma coisa e ir ao banheiro. Mais de catorze horas na estrada. Chegaram a Salvador na manhã do dia seguinte. O motorista parou e Manfred desceu em frente a um botequim, onde pediu um prato feito. Depois foi a uma farmácia para comprar uma escova de dentes, um pente e um mapa da cidade. Entrou numa loja, onde a vendedora o olhou desconfiada. Escolheu uma mochila, duas camisas, meia dúzia de cuecas e uma sandália com sola de pneu. A vendedora perguntou se ele tinha dinheiro para pagar. Estava mesmo sujo e derrubado. Encontrou uma pousada na rua Manuel de Cima e o homem na recepção pediu pagamento adiantado. Bendito envelope. Tomou banho mas não fez a barba, na esperança de que ela lhe servisse de disfarce. O próximo passo era comprar uma passagem de Salvador para Belém na rodoviária. Foi mais fácil do que pensava. O caixa, distraído numa conversa lateral, não lhe pediu identificação. Depois foram quase quarenta horas sacolejando no ônibus, menino chorando, fedor de mijo e de suor. Depois do depois e depois ainda, enfim, Belém do Pará.

No bar da rodoviária, um sujeito magro, moreno, de cabelos curtos e enroladinhos sentou-se ao lado de Manfred.
— Justiniano, às suas ordens.
— Bom dia.
— Sua graça?
— João — mentiu Manfred.
— Se não estivesse tão magro e barbudo, podia ser um ricaço de São Paulo com esse relógio bacana.
Manfred não respondeu. Justiniano insistiu:
— João de quê?
Manfred deixou o garfo cair na mesa.
— Assustado, companheiro?
— O que você quer?
— Ajudar, companheiro.
— Não preciso de ajuda.
— Com esse olho azul, você podia ser alemão.
— Sou brasileiro.
— Estou sabendo. Pra mim vai ser João Alemão. Profissão?
— Mestre de obras.
— Já matou alguém?
Manfred pulou na cadeira, pensando na contagem dos mortos e na destruição da represa arrebentada.
— Calma, Alemão. Tudo bem?
— Tudo bem.
— Quer bamburrar?
— Bamburrar?
— Ficar rico.
Justiniano então explicou que estava a caminho de Serra Pelada. Se Manfred tivesse dinheiro para pagar o ônibus até Marabá e o pau de arara de Marabá até a Vila dos Garimpeiros, podia ir com ele. Era riqueza na certa. Indo com ele, ficaria lhe

devendo lealdade. Lealdade, frisou Justiniano, era o mais importante com o garimpo se enchendo de gente. Lealdade e uma ferramenta chamada revólver calibre 38. No começo de 1980, ele formara sociedade com um certo Zé Pelado que tinha pá, picareta e bateia. Depois os dois roubaram uma máquina, instrumento onde se põe água para lavar o cascalho e separar o ouro. Roubaram de outro garimpeiro.

— Na primeira bamburrada pegamos vinte quilos de ouro e reinvestimos no garimpo e logo a gente tinha cinco barrancos e cinquenta homens trabalhando pra nós. Quatro meses depois pegamos onze quilos de ouro e acabamos brigando. O Zé Pelado voltou pra Goiânia.

Manfred escutava enquanto Justiniano continuou voltando atrás na história e falando sobre um garimpeiro que encontrara ouro em Carajás. Um vaqueiro da Fazenda Três Barras, do sr. Genésio, encontrara pedras de ouro perto do riacho da Grota Rica, a notícia se espalhara, surgiu a Vila dos Garimpeiros e, um semestre mais tarde, cerca de trinta mil garimpeiros já ocupavam a área. Justiniano tinha chegado antes deles:

— Cheguei no final de 1979, antes de Marabá se afundar nas águas das enchentes de 1980.

Manfred estremeceu.

— Nervoso, Alemão?

— Nada não.

— Pois então. Peguei uma carona de caminhão até o quilômetro dezesseis da estrada PA-150, onde fica o entroncamento da estrada de terra que vai até Serra Pelada. Naquele tempo só tinha um jeito: varar a selva.

Justiniano falou por muito tempo sem que Manfred o interrompesse, a não ser para perguntar e depois? E depois? Justiniano apreciou o interesse. Perdera algum dinheiro fazendo besteiras, disse. Mas ainda tinha os cinco barrancos que estavam registrados na Receita Federal.

A garimpagem fora se tornando mais difícil e perigosa. Os depósitos de ouro na superfície se esgotaram, mas a exploração manual continuou. No final de 1981 a água brotou no enorme buraco em que se transformara o garimpo de Serra Pelada. Desmoronamentos e alagamentos forçaram o fechamento da cava para obras de terraplanagem. Quando o garimpo fechou para obras, Justiniano aproveitou o "inverno" e foi passar os meses de dezembro a março com a família em Salvador. Estava voltando. Tinha acabado de voar de Salvador para Belém, pois queria estar em Serra Pelada para a reabertura da cava em abril.

Alguma alquimia boa parecia existir entre o Alemão e Justiniano, que se despediram combinando outro encontro no mesmo bar. O Alemão parecia interessado na aventura. Precisava pensar. Justiniano, conhecendo a história de Serra Pelada tim-tim por tim-tim e não tendo muito o que fazer em Belém além de beber umas cervejas, sentou-se no dia seguinte com o Alemão para lhe contar sobre a montoeira de gente, bares, brigas e assassinatos que chamaram a atenção do governo militar.

Num domingo de Páscoa, o major Sebastião Curió sobrevoara a região num helicóptero com oito homens da Polícia Federal e vira os garimpeiros armados, alguns com dois revólveres na cintura. Com experiência na guerrilha do Araguaia, desceu do helicóptero. Trazia carta branca como interventor. Ordenou a ocupação pelo Exército e organizou os vilarejos. O Trinta — que já existia desde que os garimpeiros começaram a usar a residência de João Mineiro e d. Graça como ponto de referência e o casal erguera um barracão para vender comida — virou centro residencial, comercial e administrativo.

Parte do Trinta, conhecido como Quilômetro Trinta e Um, passou a abrigar os prostíbulos, bares e outros comércios. Na Vila dos Garimpeiros, Curió proibiu a presença de mulheres e bebidas e o uso ostensivo de armas. Além de um corpo de segurança formado com gente que Curió conhecera no combate às guerrilhas, o major contava também com os bate-paus dentro do garimpo. Nada se resolvia sem a palavra de Curió. Com a intervenção, os barrancos e os garimpeiros foram registrados pela Receita Federal e todo ouro passou a ser vendido à Caixa Econômica, montada na própria Vila dos Garimpeiros, onde também se instalaram uma agência dos Correios e um armazém da Cobal.

O Alemão escutou tudo com atenção e fez planos. Se a Receita e a Polícia Federal estavam lá, ele ia precisar de papéis. Necessitava de uma nova identidade. Caprichou. Passeando no cemitério de Santa Isabel, encontrou o que procurava. Na lápide pequena, pobre e suja, que ninguém parecia ter visitado, estava escrito: "4.9.1943 — 28.4.1945 — João da Silva — Saudades de sua mãe Maria de Jesus".

Visitou alguns cartórios até conseguir uma cópia da certidão de nascimento de João da Silva, filho de Maria de Jesus da Silva e pai desconhecido. Se estivesse vivo, aquele filho de Maria seria hoje um ano mais velho do que o Manfred fugido, que iria ressuscitar como João da Silva. De posse da certidão de nascimento e com a ajuda de um despachante, em alguns dias conseguiu uma carteira de identidade e o CPF. O título de eleitor e a carteira de motorista ficariam para mais tarde.

Manfred aproveitou para inventar a biografia a respeito de que Justiniano mostrara curiosidade e sobre a qual até então evitara falar. O resumo era o seguinte: "João da Silva. Nascido em Belém, órfão aos três anos de idade. Um casal amigo da mãe ficou com ele. Ainda tinha três anos quando os pais adotivos se mudaram de Belém para São Paulo. O pai encontrou emprego como pedreiro. A mãe encontrou colocação como faxineira numa fábrica. Ele crescera em São Paulo e, terminado o ginásio, começara a trabalhar primeiro como ajudante de pedreiro, e foi progredindo e progredindo até que em dez anos chegara a mestre de obras, pois era bom de contas, calculando o que fosse necessário ainda melhor do que um engenheiro. No começo de 1982, desempregado depois de uma briga, onde o outro cara quase morreu, sem referências, pegou o dinheiro que tinha e viera conhecer a terra natal. Visitar Belém era um sonho de garoto e tinha chegado a hora. Foi chegar a Belém, descobrir a existência da garimpagem e saber que o que queria mesmo era ficar rico. Tinha dinheiro para pagar o transporte até Serra Pelada". Depois foi só florear, descrever os bairros de São Paulo, aquela belezura toda e a saudade da mãe morta. Mãe adotiva, era verdade. Mas não ficava a dever a nenhuma outra. Justiniano, se não ficou satisfeito com a história, fingiu que acreditou.

11. Ah, na minha alma sempre chove

Num pau de arara lotado que fazia a linha Marabá-Serra Pelada por dois mil e oitocentos cruzeiros, três horas de viagem, cento e seis quilômetros de asfalto mais trinta de estrada de terra, João e Justiniano tomaram seus lugares. A última parada foi no bar da Consolação para a cachaça proibida no garimpo.

Junto à placa onde se lia "Serra Pelada 35 km", ficava o primeiro posto da Polícia Federal. Desceram do caminhão com todos os outros viajantes e passaram por um corredor estreito cercado de arame farpado. Mostraram os documentos, abriram os bolsos e as mochilas. O agente da polícia vestia calção, revólver na cintura. Ao lado do mastro com a bandeira do Brasil, estavam os mendigos. Alguns quilômetros à frente enxergavam-se os furões na beirada da estrada, seguindo a pé pelas trilhas que levavam ao garimpo por dentro da mata.

O dinheiro que sobrara no envelope abençoado que Manfred trouxera de Várzea Pequena estava quase no fim. Não dava nem para a entrada na compra da porcentagem de um dos barrancos que Justiniano lhe oferecera. Dois por cento do barranco era quase o preço de um Passat. João então começou trabalhando como formiga, ganhando por dia para carregar sacos de trinta quilos nas costas, do fundo do tilim, a parte mais baixa da cava, até a montoeira, o morro feito com os depósitos de rejeitos ao lado da cratera. Levantou algum dinheiro intermediando negócios entre gente que queria vender barranco e gente que queria comprar, e acabou juntando bastante para investir dois por cento do que fosse apurado em ouro num barranco de Justiniano. Virou meia-praça, entre o formiga e o capitalista, e enquanto o barranco não deu ouro, trabalhava em troca de comida fornecida por Justiniano, o dono da cata.

O capitalista se estabelecia quando o bamburrado comprava os barrancos dos blefados, os que fracassavam na sua aposta de fortuna. Algumas vezes surgia a oportunidade de distribuição de novas catas. A coordenação chamava os garimpeiros que não tinham nenhuma. Eles formavam grupos de dez, e fazia-se o sorteio. João nunca entrou nessa loteria. Bamburrou pela primeira vez quando o barranco de Justiniano onde comprara participação deu vinte e dois quilos de ouro. Aplicou sua parte comprando seu próprio barranco e virou capitalista. Entrava na fila da Caixa Econômica para vender o ouro encontrado, recebia o cheque e depositava na poupança que abriu em Marabá.

Naquele ano, o garimpo tinha quarenta e cinco mil homens e cerca de trezentas pessoas chegavam por dia, ilegalmente, devido ao descaso da Polícia Federal, que já não caçava os furões. Curió se elegera deputado federal, prometendo uma lei para permitir aos garimpeiros que continuassem a exploração de Serra Pelada por cinco anos, lei sobre a qual o presidente João Figueiredo mudou de posição várias vezes, parecendo disposto a fechar o garimpo, depois da notícia de dois desmoronamentos que deixaram vinte e cinco mortos e oitenta e nove feridos. Os garimpeiros, entretanto, estavam decididos a não sair da área mesmo quando o presidente Figueiredo marcou a data para o fechamento do garimpo. Mais de dois mil garimpeiros foram a Brasília atendendo uma convocação de Curió. Figueiredo voltou atrás e o 15 de novembro de 1983 virou o dia da independência do garimpo, Curió carregado nos ombros pela multidão.

Fazia frio nas madrugadas da Vila dos Garimpeiros, lugar sombrio onde só havia homens e barracos, era impossível dormir sem cobertor. João se acostumou aos carapanãs. Fez seu barracão na rua do Sereno, uma casa de madeira pré-fabricada. Ao contrário dos outros garimpeiros, que nem usavam as latrinas instaladas pela coordenação, urinando e defecando onde estivessem, produzindo um fedor insuportável, ele construiu uma fossa no fundo do terreno. No final do segundo ano já tinha horta e pomar.

Acostumado à nova vida, João não pensava em se informar sobre o que acontecera em São Paulo. Não queria saber. Sentia como se tivesse evaporado e reaparecido no lugar da esperança possível, fascinado pela possibilidade de apagar o antigo eu, enjoado de tudo que fora antes. Fim dos cálculos, fingimentos e tramoias, fim do tempo de contar mentiras para se defender da verdade, um tempo que não guardava significado nem ecos de alegria. E agora? Seria diferente? Nem sempre. Havia as horas em que se via enrustido em pesadelos, o silêncio mortiço embrulhando a angústia do que perdera, a miséria do degredo lhe comendo a alma.

Ao amanhecer, escutava o barulho das britadeiras moendo os cascalhos dos barrancos e se juntava à procissão dos homens a caminho da cava gerada pelo desabamento do topo do morro. Em torno da cava corria um riacho, formado pelas águas bombeadas do fundo do tilim por duas dragas. Chegava--se à cava pelo final da rua do Comércio, a rua dos supermercados, barbearias e da lavanderia, onde João mandava lavar as bermudas e a rede. Entrava-se pela Grota Rica.

No tilim, funil de final, trabalhavam os requeiros, procurando ouro nos rejeitos que correm nas águas. Na borda de barrancos derrocados, em círculos de pedras e detritos, milhares de homens se esgueiravam nas pirambeiras, como equilibristas na corda bamba, subindo e descendo escadas de pau.

Trezentos homens nas catas,
Mal a manhã principia.
Grossas mãos entre o cascalho,
Pela enxurrada sombria.

Homens enlameados até a raiz dos cabelos cavavam como tatus em busca da *pedra que, melhor do que os homens, traz luz no coração*. Arrancavam barro e, sacos de cascalho nas costas, marchavam como penitentes pelas encostas íngremes. Subiam e desciam as pistas rudes, seminus, se confundindo com a lama: pintados de lodo negro, coloridos pelo cascalho vermelho, *barões famintos,* melexetes encharcados nos alagados do fundo do tilim.

Com o passar dos anos, as encostas abertas que se afunilavam para baixo ficariam cada vez mais parecidas com os nove círculos do inferno de Dante. Havia mão e contramão para evitar congestionamento nas escadas. Pás, enxadas, picaretas. A terra revirada. O cascalho despejado em sacos plásticos. O sonho barroco deslizando o morro.

O hospital era um barracão de madeira sempre sujo. Dois médicos jovens ficavam vinte dias na Serra e dez no posto de

Marabá, revezando com um terceiro. Na sala da coordenação — sede do governo de Serra Pelada, a sala da encrenca — se resolviam contendas e broncas. Quem não chegasse a um acordo era expulso do garimpo. Na Lanchonete Paulista se conheciam as novidades.

João não gostava de ir aos vilarejos próximos: nem ao Trinta nem ao Quilômetro Trinta e Um, que depois viraram Curionópolis. Na boate mais fina, a Paraopeba, via as prostitutas meninas, as mais velhas beirando os vinte anos. Dava pena. João preferia passar o fim de semana em Marabá. No começo, pegava um pau de arara na "rodoviária" junto à guarita da Polícia Federal. Depois, tinha dinheiro bastante para pagar a passagem de um dos dez voos diários da ponte aérea Marabá--Serra Pelada em teco-teco ou bimotor. Os pequenos aviões levavam de cinco a seis passageiros de cada vez. Foi em Marabá que João conheceu Kalu, no Restaurante Colher de Pau.

12. Kalu

Em Serra Pelada, João não fez amigos. Ali, no entanto, havia gente de todo tipo, vinda de todos os lugares do Brasil, de todas as profissões, de carpinteiros a professores, operários, lenhadores, vaqueiros, e gente sem profissão, bandidos e santos. Não podia fazer amigos. Tinha medo de revelar alguma coisa do seu passado. Ainda acordava à noite perseguido por formas envoltas na obscuridade como figuras do Apocalipse, a chuva como cortina cinzenta escondendo o sol e se aproximando a galope como matilha de lobos famintos, trazendo o cheiro do barro num vento impiedoso que rugia desatento como o mar na escuridão.

Conversava pouco, mesmo com Justiniano, cujo pensamento se achava todo tempo ligado à família em Salvador e aos planos de voltar muito, muito rico. Quando Justiniano lhe fazia perguntas, preferia falar das experiências inventadas de João da Silva em São Paulo, única cidade do Brasil que conhecia com detalhes suficientes para não cair em contradições. De Belém, onde João da Silva teria nascido, dizia sempre que não tinha lembranças, tendo saído de lá muito pequeno e, assim, evitava ser pego em erro de rua e bairro. Da juventude em São Paulo, dizia que estivera ocupado com bebedeiras, sem prestar atenção em nada mais que não fosse cerveja e futebol.

O humor de João vacilava. Havia momentos de satisfação por ter se livrado das tramoias do sogro e momentos de culpa e intranquilidade quando pensava em se abrir com Justiniano, a quem invejava a paixão pela vida e a diplomacia na hora de dizer verdades aos companheiros. Todos viam Justiniano como líder e era fácil entender por quê, observando sua confiança e decisão quando dominava situações de discórdia e evitava que dois brigões chegassem às vias de fato. A maior preocupação de Justiniano era com a família que deixara em Salvador, e isso inspirava em João a ideia de que ele poderia entendê-lo. Começou por perguntar a Justiniano se ele tinha ouvido falar numa represa estourada que inundara um vilarejo no interior de São Paulo poucos dias antes do encontro dos dois em Belém. Justiniano disse que não. Inundações em época de chuva eram comuns, desbarrancamentos com muitas mortes por todo lado. Ele não se lembrava. Por que tanto interesse? João aludiu à enchente em Marabá à qual Justiniano se referira naqueles primeiros dias em Belém. Daquela, Justiniano se lembrava muito bem. E a conversa parava por aí.

A tentação de ligar para São Paulo apareceu numa tardinha e antecipou um pesadelo durante a madrugada. A coincidência tornou o medo de ser descoberto tão penoso que João extirpou até mesmo a ideia de comprar jornais de São Paulo. Encontrava distração ouvindo as histórias que os outros contavam. Jogava dominó com alguns deles na Lanchonete Paulista enquanto o negro Tobias desfiava relatos pornográficos sobre seus encontros com a Sulamita no Paraopeba de Curionópolis. João, evitando o Paraopeba, passava quase todos os domingos em Marabá, onde comia no Colher de Pau, fones no ouvido, escutando ópera no walkman.

No Colher de Pau encontrou comida boa, d. Vilma, a dona do restaurante, e Kalu. D. Vilma entendia a importância do sucesso da comida de Kalu para seu negócio. Se a menina bonita, miudinha, tensa, maxilares cerrados, mas cheia de graça, aparecia para receber os elogios devidos à sua farofa, exagerava as dificuldades de Kalu na cama e avisava os clientes para deixá-la em paz. João era freguês do Colher de Pau porque gostava da comida e aos poucos começava a gostar da presença de Kalu na sua mesa. Ela lhe dava para provar um peixe, uma pimenta, um doce da sua cozinha. Falava pouco, prestava muita atenção no que ele dizia, se interessava pela trama da ópera que ele estivesse ouvindo no walkman.

Quando João conheceu Kalu, ela tinha quinze anos. Miudinha, uma magreza que os anos haveriam de arredondar, mas não muito. Nada no seu porte altivo, os pés firmes no chão, o andar garboso, deixava ver sua origem modesta. João logo percebeu que ela podia ser simples e falar pouco, mas, quando queria, não tinha dificuldade de se expressar. Suas invenções na cozinha revelavam gênio e inspiração e, quando lhe trazia uma novidade, seu rosto todo se iluminava. Kalu era mato verde, cachoeira, céu azul. Dona da arte para ser consumida e refeita no dia seguinte, sabia por instinto que as pessoas descobrem a felicidade quando encontram alguma forma de criatividade e, assim, deixava João perceber o erro de Amélia, a mãe que, presa ao casamento ruim, perdeu as cores como uma borboleta alfinetada em travessa de madeira. Kalu criava pratos. E João? O que fazia da vida, ganhando dinheiro no garimpo e poupando na caderneta de poupança? Aceitava a derrota, se agarrava ao hábito? Não fosse o medo

71

de ser descoberto.... Não. Não gostaria de voltar ao mundo sofisticado de São Paulo.

João começou a fazer planos para Kalu. Poderia transformá-la numa mulher elegante, bem vestida, da mesma forma como Glória o inventara. Kalu se mostrou dócil, porém mais independente do que ele fora de Glória, aprendendo apenas o que lhe convinha. João encomendou muitas revistas de culinária para ela, e dessas revistas saíram os planos de Kalu de se tornar chefe de cozinha, dona do seu próprio restaurante numa cidade grande. Ao mesmo tempo, seus movimentos foram se arredondando, a expressão do rosto antes duro por causa dos dentes trincados atrás da boca fechada se relaxou, e os olhos começaram a sorrir com mais frequência. João nunca conseguiu fazer com que ela prestasse atenção à música e apreciasse as gravações no walkman, apesar do interesse que demonstrava pela história do sacrifício da Traviata ou da morte de Carmen. Ele contou a Kalu como Lucia di Lammermoor enlouqueceu e Kalu se comoveu e quis repartir os fones de ouvido para acompanhar o sofrimento de Lucia nos trinados de Monserrat Caballe.

Kalu queria agradar a João depois de repartir os fones de ouvido e acabou repartindo com ele a cama também. João percebeu que ela estava assustada, sem jeito, e teve pena daquela menina e lhe disse para sossegar, nada iria acontecer. Ela não entendeu tanto cuidado e lhe perguntou se ele preferia homens, como o Raspadinha. Não, ele disse. Só queria dormir perto de alguém. A partir daí começou a passar com ela as noites em que visitava Marabá. Dormindo na cama de Kalu, não tinha pesadelos. Passou a se aninhar com a cabeça na barriga dela, os pés para fora da cama. Kalu ficava mais à vontade, gostava de um afago, passiva, contente como um gato que se deixa acariciar. Com o tempo, Kalu começou a passar a perna por cima da cintura de João, da mesma forma que Lotta fazia quando eram crianças. O que tinha de acontecer, aconteceu e, desde então, Kalu se submeteu docemente aos desejos de João. Ele desconfiava de que ela nunca tivera um orgasmo. O afeto entre os dois crescia cada vez mais forte. João pensava nela quando estava em Serra Pelada. Viu em Kalu a pessoa em que podia confiar seus tormentos. Não sabia como começar aquela conversa, portanto escreveu uma carta para Kalu desabafando e lhe pedindo que o ajudasse a se abrir; no fim de semana, encontrou-a com as feições preocupadas. Ela foi logo dizendo que a carta a deixara muito confusa e perguntando o que ele precisava falar com ela. João tentou acalmá-la dizendo que a carta fora escrita numa noite em que não conseguira dormir e que ele lhe explicaria tudo. Kalu deixou a cozinha com o ajudante e eles saíram do Colher de Pau de mãos dadas. Na conversa, atravessaram a noite. João começou falando da tarde em que a represa se rompeu, como fugira e agora se sentia culpado. Kalu perguntou se ele poderia devolver a vida às pessoas que se afogaram na enchente ou ficaram soterradas na lama. Claro que não. O vilarejo de Várzea Pequena possivelmente teria desaparecido depois do desastre e agora, anos depois, talvez fosse impossível encontrar algum sobrevivente. E se ele voltasse a São Paulo e se entregasse à polícia? Não só seria preso, como causaria ainda mais sofrimentos à mulher que abandonara. Ele não queria se vingar do sogro e do senador que o tinham envolvido em tramoias? Não. Tinha dificuldade em considerar essa ideia. Vingança não parecia fazer parte do seu modo de ser. Kalu lhe disse que ela também era avessa a vingança. Contou como deixara sua casa em Belém, mas nunca pensara em se vingar do pai, por mais que se sentisse muito, muito triste, quando pensava que já não tinha uma família. Nessas horas de nostalgia, também se lembrava de Raspadinha.

Depois da primeira noite de confidências, todas as vezes em que se viam, João e Kalu conversavam muito e trocavam suas histórias de vida. Kalu tomava partido a favor de Lotta quando João lhe contava as brigas dela com Gustavo. Gostava quando João descrevia o corso de Carnaval em Belo Horizonte na década de 1950, sentiu muita pena dele quando João lhe contou como ficara perdido na praia e se emocionou com o relato da morte de Amélia. Kalu e João notaram que suas vidas tinham sofrimentos comuns. Os pais eram brutos, e as mães, fracas. Kalu pediu a João para explicar a suspeita de que o pai apressara a morte de Amélia. Você acha que seu pai era um assassino? João falou do seu sofrimento nas horas em que suspeitou do pai, como sua angústia se agravou nas semanas que se seguiram à morte da mãe, como os colegas o levaram para o hospital quando teve um ataque de pânico. Os médicos lhe explicaram que seus medos eram infundados, mas de vez em quando a dúvida voltava e o fazia sofrer. Ele não queria ser igual ao pai.

13. De mudança

Depois de mais de seis anos, já não de férias, mas em definitivo, Justiniano foi embora de Serra Pelada. Kalu sugeriu a João que eles também deveriam deixar aquele fim de mundo e abrir um restaurante em Manaus. Logo os dois estavam de mudança. Fizeram bem. A profundidade do buraco de Serra Pelada aumentava, e a extração de ouro caía com rapidez.

Chegando a Manaus, João comprou uma casa e Kalu se candidatou a uma vaga na cozinha do restaurante do Sesc para conseguir um certificado, enquanto João tratava da construção do restaurante, como prometido. A casa era pequena, mas o lote era grande e foi dividido com uma cerca viva. De um lado ficavam a casa e o quintal com o marizeiro. Do outro lado da cerca, o restaurante: apenas quinze mesas, moderno, o nome escrito em branco numa placa azul-marinho em cima da porta de entrada: "Cozinha da Kalu".

Dos contratempos que marcaram a construção do Cozinha da Kalu, o pior foi o congelamento da poupança um dia depois da posse do presidente Collor. Para o casal, a contrariedade se revelou maior do que a insegurança causada pela inflação, velha conhecida em Serra Pelada quando os preços davam uma trégua nas semanas que se seguiam às mudanças de nome da moeda, mas logo tomavam fôlego e seguiam morro acima. O congelamento lhes causou pesar, porque interrompeu as obras do restaurante. Quando João teve novamente acesso aos depósitos, a diferença entre a inflação e a correção monetária havia comido parte da sua riqueza. Mesmo assim, João ainda tinha bastante dinheiro.

Para terminar o restaurante, contratou um arquiteto que o ajudou a planejar a quantidade de janelas para conseguir luz e exaustão perfeitas, a calcular os pontos de energia com tomadas de diferentes tipos, a escolher os materiais dos portais e pisos e a analisar as medidas para a distribuição das mesas. Comprou um fogão industrial, fornos de micro-ondas, balanças, espremedores industriais de frutas, cubas de aço inox, processadores de alimentos, panelas, talheres, copos, panos de prato. Ele e Kalu contrataram sete funcionários: dois auxiliares para ajudar Kalu na cozinha, uma faxineira, duas moças para servir as mesas, um caixa e um contador em tempo parcial que ficaria sob o comando de João.

A inauguração do Cozinha da Kalu aconteceu com uma festa só para os funcionários. O restaurante não demorou a fazer sucesso, ficando sempre repleto de turistas que se encantavam com o inglês de João, perguntando de onde vinha aquele sotaque da Costa Leste americana. Ele desconversava, recomendando o pato no tucupi, o tambaqui grelhado, a caldeirada de tucunaré amarelo, o pirarucu de casaca e o pudim de cupuaçu.

Kalu disse a João que o adorava na Quarta-Feira de Cinzas de 1994, aquela mesma quarta-feira em que Luciano Pavarotti visitou Manaus. O tenor esteve no Teatro Amazonas admirando o palco do teatro em reforma e cantou por um breve momento na sala vazia. Naquele mesmo ano, a inflação da década anterior desapareceu e nos anos seguintes a calma financeira se estendeu aos negócios de João. Ele parecia ter encontrado a paz entre o quintal com o pé de mari e as gravações de ópera que ouvia, não mais no walkman, mas num aparelho, hoje fora de linha, de quase um metro de comprimento. Através de um painel de vidro deslizante, João podia escolher entre seis CDs. Os pesadelos ficaram para trás. A vida encontrara sua nova rotina. Kalu comandava o pessoal da cozinha, criava novas receitas, dispunha os cardápios, dirigia a apresentação dos pratos. João organizava inventários, permitia compras e liberava as requisições dos produtos. Às vezes andava entre as mesas do restaurante, dando um dedo de prosa, e depois se fechava no escritório no segundo andar para fazer contas.

 Na prateleira da sala, Kalu acumulava imagens de santos e deuses, Budas, Cristos e Iemanjás. Ela acendia velas ora para um, ora para outro. João tentou lhe explicar que aquilo não fazia sentido, e ela respondeu que, sabendo que ele não acreditava em Deus, ela compensava acreditando em todos. E como era impossível saber qual deles de fato existia e estava do lado dela, ela rezava para todos, e um deles haveria de protegê-la.

 A reza ajudava Kalu a manter sua paz interior, e João encontrava a sua no hábito de ouvir óperas. Ele apreciava a independência de Kalu, que podia tocar os dias sem a constante presença dele no restaurante, agora que o contador assumia diferentes funções. No quintal onde João costumava passar as manhãs, Kalu aparecia para lhe fazer um agrado, oferecer um quitute, trocar um carinho. João apenas lamentava que Lotta e Amélia já não pudessem lhe fazer companhia e ouvir música com ele... Kalu lhe perguntava em que ele estava pensando, sorria, sabendo que não haveria resposta, e se distraía com alguma receita que acabara de inventar.

João — que nunca tinha assistido a uma ópera ao vivo até que, em abril de 1997, solistas de várias partes do mundo e a orquestra do Teatro Bolshoi executaram *La Traviata*, *Carmen* e *O barbeiro de Sevilha* no Teatro Amazonas — se encantou com os espetáculos e leu as resenhas. Divertiu-se com um artigo contando a história das obras do teatro durante a época áurea da borracha e dos trabalhos de restauração em 1990. O artigo mencionava o teto decorado com *O Olimpo dos artistas* e seus anjos sobre a floresta amazônica e abordava os boatos sobre o elenco de fantasmas que vivem entre as coxias e os camarotes: muitos artistas europeus, sucumbindo aos males dos trópicos, ficaram por ali mesmo. "Todos os anos, no aniversário do teatro", dizia o artigo, "essas assombrações encenam *La Gioconda*, ora sob a regência do maestro Benário Cibelli, morto de febre amarela, ora sob a batuta do maestro Genivaldo Encarnação, regente natural do Ceará morto numa briga na Pensão da Mulata."

Fantasmas já não me assustam, João pensava, feliz com o novo hábito de ir à ópera em Manaus. No começo, notando que o teatro ficava repleto de visitantes de outras partes do país, teve medo de que um antigo conhecido da sociedade paulistana pudesse aparecer por ali e reconhecê-lo. Depois se convenceu de que dificilmente alguém ainda se lembraria dele, pois tantos anos haviam se passado, ele tinha envelhecido, a pele encarquilhada pelo sol.

14. Onde é que chove, que eu ouço?

Quando fiquei amiga de João e comecei a frequentar o Cozinha da Kalu, logo percebi que ali havia um auxiliar de cozinha muito especial, um indiano chamado Satyandra Babaji, apelidado como Sati, muito amigo da chef. Kalu, ela mesma, me contou das longas conversas à tarde com Sati depois que acertavam o cardápio do jantar. Sati lhe falava de como precisava estar quieto e concentrado durante alguns momentos para encontrar a calma e o equilíbrio. Kalu dizia que o mesmo se passava com ela.

O que ela percebera por conta própria, Sati aprendera do budismo, que ele passou a explicar para Kalu. Na manhã seguinte ela repassava as lições a João, que logo aderiu aos exercícios de meditação. João se deu conta de que antes dessa prática sua mente costumava divagar sem rumo, causando-lhe sofrimentos desnecessários. Começou a aparecer na cozinha para escutar as conversas de Kalu e Sati. Achou curiosa a ideia de um "eu", que, segundo as explicações de Sati, se constrói momento a momento dentro da nossa mente e pode causar muitos problemas. E, repetindo o budista, João me convidou a parar e refletir sobre minha própria experiência. Você tem uma sensação quando um dos seus sentidos (a visão, a audição, o olfato, o paladar ou o tato) encontra um organismo e a sensação se transforma numa percepção na sua mente. Essa percepção é influenciada pelos seus desejos e acompanhada de uma narrativa. Você adiciona um tom afetivo a ela: ama algumas coisas e odeia outras, desenvolve intenções e disposições, hábitos e comportamentos aprendidos, e aí chama essas intenções, disposições e hábitos de personalidade. Ao dividir o mundo em objetos separados de você, não consegue perceber as interligações entre as coisas. Os órgãos dos sentidos em contato com objetos se tornam experiências internas com sentimentos e você pensa que isso é você. Mas tudo não passa de um fluxo contínuo de experiências. Uma nova consciência nasce e morre a cada momento. Não há nem mesmo uma testemunha estável. Há apenas a experiência se desdobrando. Há muitos "eus". Sua identidade se recria a cada momento. A continuidade do "eu" não passa de ilusão. Tudo do que dispomos são quadros num filme, e a tendência da mente de emendar esses quadros numa narrativa cria a sensação de que você existe.

 Percebi que, depois de passar a meditar todos os dias, João ganhou uma nova calma, e sua necessidade em me fazer confidências diminuiu, embora nunca desaparecesse por completo. Certa vez, João me contou como o fantasma de Glória surgiu e ele se pegou imaginando como ela teria reagido ao desaparecimento de Manfred e se ainda pensava nele. Às vezes (que tolo) acreditava que sim, o casamento com Glória era uma perfeita simbiose, mas no fundo suspeitava que ela o enterrara como enterrara o primeiro marido. Lembrava-se de como ela se aborrecia se as coisas não andassem exatamente como as planejara, como se afastava dele e de tudo à sua volta quando decidia conseguir uma doação para a ONG que dirigia, como desperdiçava seus talentos naquela intensa vida social. Não podia negar que se encantava com a capacidade que ela tinha de atrair pessoas influentes e de destaque. O casamento com ela tinha sido para ele uma fonte de prestígio. Havia sido fácil se deixar fascinar, refletir o brilho dela. Nos dias que Manfred passou em Várzea Pequena antes de fugir, talvez tivesse vislumbrado o desejo de se livrar do domínio que ela exercia sobre ele. Talvez tivesse fugido não apenas do dilúvio, mas do sufoco daquele casamento. Talvez tivesse se cansado de servir de espelho para Glória e quisesse voar por conta própria. Ela o sufocava sem que ele o percebesse? Com certeza a vida com ela havia lhe poupado os sofrimentos da solidão. Junto de Glória nenhum esforço se fazia necessário, bastava estar ao lado dela sem nada dizer. Não precisava ter desejos, pois podia mergulhar os próprios desejos nos dela. Vivia a solidão que lhe convinha. Por que rejeitar o poder que ela exercera sobre ele? Ao contrário de Glória, cujos desejos estruturavam seu dia, os desejos de Kalu não suprimiam os seus. Kalu gostava da própria liberdade.

Também ouvi João perguntar a Sati o que fazer se fantasmas indesejados viessem atormentá-lo. Sati disse que não deveria combater essas imagens. Que desse tempo a elas para que surgissem e desaparecessem por si mesmas. Sati estava certo, João me disse pouco tempo depois. Aliviado, deixou Glória sumir da sua mente e enterrou a ideia de que um dia fora Manfred Mann, sentindo-se livre para dividir seus dias entre a administração do restaurante, a vida com Kalu e o calor da nossa amizade.

Sentados à mesa, João e eu costumávamos esperar a hora de fechamento do restaurante. Os anos em Serra Pelada tinham deixado sequelas. Os joelhos, queixava-se ele, reclamavam desde o aniversário de sessenta anos. Os anos de diferença entre ele e Kalu pareciam tornar cada vez mais evidente a jovialidade dela e de Sati. Eles saíam da cozinha com os empregados, que iam embora apressados, enquanto Sati se demorava, despedindo-se com dois beijinhos casuais em Kalu. Ela e João se afastavam em direção à casa ao lado, enquanto Sati me oferecia uma carona.

Sempre evitei ver significados em beijinhos de despedida, mas uma vez João me perguntou como Kalu se sentiria casada com um velho. Velho? Você? E ele aludiu à diferença de idade entre ele e a mulher. Ela suspeita da minha insegurança, ele disse, e me elogia o vigor, promete me amar para sempre. Mesmo quando eu ficar velho de verdade, ela me promete, pois para ela sexo não tem importância. Quer dizer, tem importância, porque a intimidade funciona como uma cola que nos mantém unidos. Mas o orgasmo? Secundário, ela afirma. Seria verdade?

João comprou um computador e aprendeu a usá-lo para cuidar das contas do restaurante e pagar impostos. Passou o conhecimento a Kalu, que se deliciou com a possibilidade de fazer cursos à distância, não só de culinária, mas também para aprender inglês. João bancava o professor, ajudando Kalu com a gramática inglesa e o uso das preposições. Competia com Sati, que a introduzira aos mistérios da meditação.

Assim era sua vida e ele esperava que assim continuasse para sempre, a ópera criando um espaço para o sonho e a emoção. Certa vez avistou um grupo de turistas na entrada do teatro e pensou reconhecer uma amiga de Glória de décadas atrás. Assustou-se sem razão. A mulher passou por João como se ele fosse invisível. No meio daquela noite, João acordou querendo gritar. Uma corrente o envolvia pela cintura e o

puxava para debaixo de uma cachoeira, e ele se debatia com a sensação de que estava prestes a ficar sem ar. Kalu acordou:
— O que foi?
— Um pesadelo.
— Pensei que eles tinham acabado — ela comentou. Passou a mão no rosto dele, virou-lhe as costas e voltou a dormir.
João levantou-se e foi à cozinha para me telefonar.
— Não é muito tarde?
— Um pouco.
— Desculpe.
— Agora já estou acordada. Diga lá.
— Parece impossível me livrar da visão daquela tarde maldita. Tive uma ideia horrível.

Ficou calado por um instante e, então, João me perguntou quais seriam as chances do rompimento da barragem não ter ocorrido. Poderia ter sido um pesadelo? Uma alucinação? A possibilidade de que fosse louco o enchia de pavor. Ao fugir, fizera a escolha certa ou jogara fora a vida que deveria ter sido sua? Se era João, quem viveu a vida de Manfred Mann? Que bobagem. Lembrou-se das lições de Sati e pensou que somos uma sequência de "eus", que há apenas a experiência se desdobrando, a identidade se recriando a cada momento. Sim. Mas... e a represa? Na fuga, evitara conversas na beira da estrada. Não olhara nenhum jornal nos dias que se seguiram ao desastre. Uma calamidade daquele tamanho teria sido noticiada nos jornais que ele não leu e nos programas de televisão que não assistiu. Passando aqueles primeiros dias na estrada, evitando conversa, cego de medo, era possível que tivesse deixado passar a oportunidade de se informar. No encontro com Justiniano, que não costumava ler jornais, nada falaram sobre o assunto. Muitos dias haviam se passado desde a fuga: as notícias do desastre já teriam perdido a novidade. Porém, se ele tivesse ouvido a notícia, não teria se lembrado da inundação quando João o interrogou em Serra Pelada? O desastre tinha ocorrido tão longe de onde Justiniano morava, quase uma terra estrangeira, mas mesmo assim João estranhou que Justiniano não se lembrasse da tragédia. E ele mesmo, João? Como deixara o tempo passar sem voltar a São Paulo e se informar? A ideia de ir a São Paulo o deixava gelado. Tinha sido natural que, tendo estado desorientado nos dias que se seguiram à fuga, não tivesse acompanhado as consequências da explosão da represa. Também não prestara muita atenção à fala do caminhoneiro que lhe dera carona até Salvador, mas, com certeza, teria registrado qualquer referência a uma barragem no interior de São Paulo, se as queixas do motorista sobre a chuva interminável tivessem incluído alguma alusão ao fato.

João desligou o telefone decidido a conhecer o tamanho do estrago pelo qual se sentia responsável. Abriu o computador e procurou o nome do vilarejo de Várzea Pequena na lista de mais de cinco mil municípios do Brasil. Nada. Claro, pensou. Não poderia encontrar aquele nome naquela lista, pois o vilarejo nunca fora um município emancipado. Procurou a combinação do nome Várzea Pequena e as palavras represa e usina. As muitas referências que encontrou combinavam represa e usina com o nome de localidades que continham parte do nome do vilarejo de Várzea Pequena, mas nenhuma com o nome exato da sua busca. Encontrou dezenas de páginas e milhares de referências a histórias de represas danificadas e alagamentos, mas nenhuma delas anterior à década de 1990. Era como se os anos 1980 não tivessem existido. Decidiu ser mais específico e incluiu "década de 1980" na sua busca. As histórias agora passaram a cobrir uma enormidade de tópicos cada vez mais distantes daquilo que o interessava. Estava perdendo tempo numa busca inútil. Respirou fundo. Concentrou-se na própria respiração. Se o computador viesse a se tornar uma nova fonte de angústia e ressuscitar medos passados, era melhor não fazer uso dele. A resposta para o tamanho do estrago não mudaria seu sentimento. Era inútil chafurdar em sofrimento que não levava a parte alguma. Era só uma noite de insônia. A pessoa se deixa dominar pela imaginação e pelo medo e pela culpa e pela angústia quando não consegue dormir. Era preciso respirar fundo. Esvaziar o peito. Esvaziar a cabeça. Relaxar.

João tentou se acalmar pensando que as pessoas são capazes de inventar histórias para tentar apagar culpas que o tempo deveria se encarregar de esvanecer. Levantou-se. Depois sentou-se de novo e abriu um jornal para se distrair.

No jornal, uma história sobre o antigo garimpo de Serra Pelada comentava que o lugar era apenas uma sombra do que fora um dia. Restavam cerca de seis mil e quinhentos habitantes em barracos miseráveis, piores do que as favelas de grandes cidades. A cava transformara-se num enorme buraco depois que os desmoronamentos trouxeram muitas mortes. A foto da tarde sufocante mostrava quatro garimpeiros, sentados ao redor de uma mesa na porta do Bar do Araújo, disputando uma partida de dominó. O artigo dizia que, ao final da rodada, o barulho das peças daria lugar à discussão preferida dos habitantes do povoado: a possível visita do presidente Luiz Inácio Lula da Silva. Mais do que ver Lula de perto, os garimpeiros esperavam com ansiedade a entrega da licença que daria sinal verde para a reabertura de Serra Pelada. A mina voltaria a produzir ouro. Com uma diferença: a partir de agora, a extração seria mecanizada. Para quem nunca deixou o povoado e continuava vivendo em casas de madeira com telhado de palha, sem rede de saneamento básico ou água encanada, a re-

85

tomada representava uma esperança de melhorar de vida. João pensou nos primeiros dias como formiga em Serra Pelada. Pensou no antigo desconforto e sentiu-se bem ali à mesa, ao lado do fogão, no aconchego da cozinha de azulejos portugueses. A cozinha, o reino de Kalu, uma mulher envolvida de forma misteriosa com a vida, que lhe oferecia uma felicidade mais real em volta da mesa do que na cama. O sono voltou e João foi dormir.

Os anos continuaram passando, o uso do computador era restrito aos negócios e às aulas de Kalu, sua cozinha se tornava cada vez mais popular, cheia de turistas americanos e europeus. Na noite que conversou com um grupo de alemães, João teve um sonho estranho. Viu-se correndo, fugindo da polícia, que perseguia um alemão. Ele gritava e apontava para o homem que corria a seu lado: o alemão é ele, eu sou brasileiro. Então uma mulher aparecia, vestida com uma camisola de miosótis. A camisola de Lotta. A cara de Kalu. Os seios de Ana. A mulher se postava à sua frente como um escudo e depois se virava, os perseguidores se juntavam a eles e todos cantavam juntos o quarteto do *Baile de máscaras* de que ele tanto gostava, "Il mio nome". Começava a chover e a chuva apagava os guardas e a mulher se dispersava na neblina e ele continuava a cantar debaixo da chuva:

Sin che tu m'ami, Amelia,
Non curo il fato mio,
Non ho che te nell'anima,
E l'universo oblio.

15. Uma noite na ópera

João comprou apenas um ingresso para *Um baile de máscaras*. Kalu nunca chegou a se interessar por ópera e naquela noite eu não poderia acompanhá-lo, pois esperava a visita de uma amiga que vinha de Brasília. No final da tarde, antes que os frequentadores do Cozinha da Kalu começassem a encher o espaço do restaurante, Kalu e Sati sentaram-se por um momento à mesa comigo e com João. Enquanto bebíamos uma cerveja, João contou o sonho da véspera, no qual ele cantava com a voz de José Carreras o verso que na infância provocava o júbilo da mãe, e comentou com uma risada:
— Freud explica, não é mesmo, Ana? Fica evidente como o bico amarelo do araçari-de-pescoço-vermelho. Não posso perder a ópera.

Sati e eu rimos, mas Kalu ficou séria e explicou sua crença de que os sonhos dão pistas do futuro:
— Tem mais coisa nesse sonho.

Kalu falaria de sonhos premonitórios se lhe tivesse ocorrido a palavra difícil. Ela desacreditava das explicações de João sobre teorias que atribuíam às imagens dos sonhos lembranças abafadas do passado distante. Não, ela dizia. Os sonhos não são rios carregando um pouco da terra do leito que ficou para trás. Talvez fossem como rios se os rios pudessem adivinhar o mar que os espera mais à frente. Não. Essa ideia de um rio não casava muito bem com o que ela pensava a respeito dos sonhos, feitos de pedaços separados, partidos, difíceis de juntar, escondendo sinais.

— Não percebemos os sinais enviados pelos sonhos devido à nossa desatenção — ela disse.

João discordou:

— Se o sonho era sobre o futuro, o que você estava fazendo lá, vestida na camisola da Lotta?

— Protegendo você dos pesadelos. Sei lá. Talvez não fosse eu. Podia ser a Ana.

E se levantou para ir para a cozinha com Sati. João também se levantou, lamentou que eu não pudesse ir à ópera, beijou Kalu e prometeu buscá-la no restaurante depois do espetáculo. Sati disse que ele não precisava se apressar, Kalu estava em boas mãos, e João se foi para o Teatro Amazonas.

No intervalo do espetáculo, ele me contaria várias vezes nos dias que se seguiram, ele se dirigiu ao balcão e entrou na fila para comprar um café. Uma senhora alta de cabelos brancos, calma majestade e nobre simplicidade, lhe tocou o braço. Os olhinhos encovados exprimiam a surpresa de quem vê uma alma do outro mundo. Ela lhe disse baixinho:

— Podia jurar que você é o meu sobrinho. O meu irmãozinho Manfred, que morreu em São Paulo em 1982. Os mesmos olhos azuis. A mesma testa alta. O ar compenetrado.

João me disse que ficou estarrecido, estremeceu e deixou escapar a exclamação de surpresa que ficara atravessada na garganta por um momento:

— Lotta!

Os dois se olharam mudos, vivendo em silêncio aquele minuto eterno. Chorando, João-Manfred passou os braços em volta dos ombros de Lotta e a puxou para si, e os dois ficaram abraçados por um bom tempo, as águas dos seus olhos se misturando na alegria silenciosa dos ressuscitados. Tremeram, se estreitaram e foram sossegando aos poucos.

— Todo mundo está olhando — disse Lotta.

— Venha — João respondeu e, pegando Lotta pela mão, desceu a escadaria do teatro e se dirigiu ao largo de São Sebastião, onde os dois se abraçaram outra vez, chorando mansamente. Calma, ele disse. Calma, ela ecoou.

Era uma noite quente e úmida, sem nuvens, a igreja iluminada projetava sua luz na praça. Sentaram-se num banco, as mãos dele trançadas com as dela. As perguntas se atropelavam sem tempo para respostas. Quero saber tudo. Senti tanta falta de você. Te amo muito. Você começa. Quero saber o que se passou em todos esses anos. Você primeiro. Manfred, me conte tudo. E ele disse meu nome agora é João, conte você primeiro. Você sumiu. Onde você estava? Minha querida. Você parou de escrever. Não, não foi assim. E abraçaram-se. Desprenderam-se. Olharam-se nos olhos. Lotta alisou a mão de João. Meu querido, meu anjo. Conte por onde você andou. Você primeiro, João insistiu:

— Do começo. Como você sumiu e deixou de escrever.

E ela se acalmou e tomou fôlego para lhe contar como sumira.

— Em 1963, eu estava lá em São Paulo, participando da Ação Popular. Indo a congressos pelo Brasil afora. Com o golpe militar, me escondi. Um amigo me aconselhou e me refugiei na embaixada da Bolívia. De lá fui pra França. Depois de um ano, clandestina, voltei ao Brasil.

— E foi presa, coitadinha — disse João, torcendo o tronco para envolver Lotta num abraço, apertando seu rosto junto ao dela. Lotta engoliu um soluço.

— Não, não fui presa. Depois que cheguei, a polícia prendeu os amigos que participavam de uma reunião em São Paulo e levou todos pro Dops. Fiquei sabendo. Consegui me esconder mais uns meses. Depois fugi pela fronteira com o Uruguai e fui pro Chile.

— E por que nunca voltou a me escrever?

— Escrevi sim, e o Gustavo me respondeu. Que eu não escrevesse mais. Não queria manter nenhum contato. Eu punha a família em perigo, ele disse.

— Que coisa mais triste, Lotta. Eu precisava tanto de você.

— O Gustavo disse que eu nem tentasse entrar em contato. Que a minha aproximação representava um perigo e ele poderia me denunciar pra proteger a família. Que eu sabia do que ele era capaz.

— E você? O que fez?

— Fiquei no Chile por sete anos. Trabalhei na universidade como assistente de um professor que se chamava Molina e foi assassinado no Estádio Nacional em 1973. — E, chorando alto, Lotta completou: — Horror. Horror. Não quero lembrar aquele lugar de horrores. Vi a polícia disparar dezenas de tiros no Molina já estirado no chão. Não sei se consigo falar daquelas torturas. Daquelas mortes.

Lotta se encolheu com a cabeça no peito de João. Ele passou os dedos nos cabelos brancos da tia, desfazendo-lhe o penteado.

— Sim, Lotta. Você fala disso quando quiser. Ou nunca, se preferir. Quero saber como você escapou.

— Um major me libertou e me refugiei na embaixada

da Itália. Fiquei lá durante oito meses. Oito meses apertada entre outros refugiados aguardando um salvo-conduto. Acabei indo pra França mais uma vez e fiquei vivendo debaixo da chuva fina que envolvia a desolação dos exilados em Paris.

— E me esqueceu.

— Não, nunca. Em 1975 decidi que não havia motivos pra me submeter às ordens do Gustavo. Escrevi pro endereço em Chevy Chase e recebi as cartas de volta marcadas com a frase *incorrect address* ou carimbadas em vermelho: *unknown recipient*.

— Sei por quê, Lotta. Em 1974 o pai morreu, e eu vendi a casa de Chevy Chase e me mudei pro Brasil. Dói muito saber que você e eu estávamos sós quando mais precisávamos um do outro.

João escondeu o rosto nas mãos. Lotta pôs suas mãos sobre as dele e as puxou para si.

— Sim, meu anjo. Fiquei sozinha em Paris durante cinco anos. Fiz uma pós-graduação em literatura latino-americana, trabalhei em cafés e até como camareira. Com a lei de anistia, comecei a sonhar com a volta ao Brasil e acabei regressando em 1982, decidida a reencontrar você. Não sabia da notícia trágica que me esperava. Ao chegar, li nos jornais a notícia da sua morte.

— Como? Minha morte?

— O *Estadão* dizia que a polícia encerrara a busca pra encontrar o engenheiro Manfred Mann, desaparecido. Destroçada a esperança de rever você, a vida me pareceu insuportável. Mas você está aqui. Eu estou aqui. Estamos juntos.

— Juntos.

Lotta beijou o rosto de João. João lhe devolveu o beijo.

— Quero saber mais, Lotta.

— Pode perguntar, meu anjo.

— O que mais você leu no jornal?
— A polícia estadual de Minas Gerais encontrou o seu Passat numa área deserta ao norte de Belo Horizonte. O carro estava dilapidado e coberto de lama. A polícia disse que não havia pista no local que pudesse indicar quem deixara o automóvel naquela área.
— Só isso?
— Muito mais. Lotta contou que o caso tinha sido acompanhado com interesse na cidade. O caderno de notícias locais entrava em detalhes sobre a data em que a família tinha procurado a polícia alguns meses antes, não exatamente na data do seu desaparecimento, mas quatro dias depois. A família suspeitava de sequestro, embora não tivesse recebido um pedido de resgate. Interrogado pela polícia, Damião de Barros dissera ter visto o desaparecido pela última vez na sede da usina de Várzea Pequena, pouco antes da tempestade de 10 de março, que causara graves alagamentos no vilarejo. Glória revelava não ter encontrado você na casa da sede da usina quando ali chegou no dia seguinte à tempestade. Esperava encontrar você lá, preparando a festa de inauguração da represa. Ela notou que a porta da sala pra varanda estava aberta e havia um ventilador e copos derrubados no jardim. Sinais de que o local teria sido invadido por sequestradores. A zeladora não dormira na sede, chegara tarde e estava muito agitada. A família esperou uns dias antes de ir à polícia, porque estava confusa. Você tinha andado deprimido, podia ter querido evitar a festa. Era melhor esperar notícias suas, ou um pedido de resgate, antes de chamar a polícia.

João sacudiu a cabeça em desassossego. Lotta segurou o rosto dele entre suas mãos:

— Calma, meu anjo. Pense no lado bom. Estamos juntos.

— Parece um sonho.
— Parece. Estou tonta.
— Eu também.
— Que bom abraçar você.
João estremeceu:
— E a represa? — perguntou. — Arrebentada, não poderia ser inaugurada, eu sei. As águas destruíram os barracões. Muita gente morreu?
— Não. Nada disso. A represa não foi danificada pelo temporal.
— Lotta! O que você disse?
— Não foi danificada.
— Lotta! Eu estava lá. Eu vi quando a represa arrebentou. A água chegou até a varanda onde eu estava.
— Pode ter sido a água do temporal que inundou a varanda.
— Eu escutei gritos. Vi corpos derrubados aos meus pés.
— Você podia estar muito nervoso, meu anjo. Os barulhos de um temporal com raios e trovões podem ser muito assustadores. Você não acha que, se a represa tivesse arrebentado, você teria lido a notícia nos jornais?
— Não li jornais durante um bom tempo... E naquela época os computadores não existiam, e a internet muito menos. O vilarejo de Várzea Pequena não era um município, apenas um ajuntamento de barracões em volta de uma usina de açúcar.
— Pois lhe asseguro que li a notícia da festa de inauguração da represa no *Estadão*. Li muitas vezes e com muita atenção. Os presentes elogiaram o churrasco oferecido em homenagem ao senador José das Pontes, que prometeu trazer mais investimentos pra Várzea Pequena. No dia da festa, pros amigos, a família tinha justificado sua ausência dizendo que

93

um parente doente exigia sua presença em São Paulo. Talvez aqui esteja a razão da demora em procurar a polícia pra encontrar você. Quando foram dar parte do seu desaparecimento, a família admitiu que mentira pros amigos, dando o dito por não dito, reconheceram que você tinha desaparecido antes da festa.

— Lotta. Não consigo acreditar no que você está dizendo. Sempre tive pesadelos. Mas uma alucinação assim... E como estabeleceram a minha morte?

— O delegado disse que algumas vezes os sequestradores desistem de pedir resgate se a vítima morre resistindo aos bandidos. Que você poderia ter sido enterrado em algum terreno baldio em qualquer parte do trajeto que o Passat tivesse percorrido e seria difícil encontrar o corpo. Deu-se o caso por encerrado e as pessoas se desinteressaram.

— A represa não se rompeu...

— Não.

— Delirei e fugi sem motivo.

— Fugiu? Fugiu por quê, meu anjo?

Entre abraços e soluços, João contou para Lotta sobre seus pesadelos e a represa arrebentada. Arrebentada? Ia precisar de tempo para entender que sua cabeça fabricara uma alucinação. Pensando bem, não teria sido a primeira. Depois João descreveu a fuga, falou da vida em Serra Pelada, o amor por Kalu, o restaurante em Manaus.

Já era de madrugada quando os dois se calaram. Lotta iria para casa com ele. Passaram pelo hotel onde ela estava hospedada com o grupo que viera de São Paulo. Subiram ao quarto e desceram com a mala, deixando na recepção um bilhete para o guia, explicando que Lotta ficaria com amigos, ele não deveria esperar por ela para o embarque no dia seguinte.

Em casa, encontraram Kalu muito preocupada. João não

fora buscá-la no restaurante como prometido e não estava em casa quando ela chegou, já muito tarde. Ficara esperando na sala até as três horas da madrugada. Abraço apertado. Um alívio tê-lo de volta. E quem era a amiga? Poucas palavras bastaram para Kalu entender quem era Lotta pois, ao longo dos anos vividos em Serra Pelada e em Manaus, João lhe contara sua história, falando sempre de Lotta, a tia-ao-mesmo--tempo-irmã, e da falta que sentia dela, acreditando que morrera na prisão. Kalu compartilhou a emoção do marido e abraçou Lotta com carinho. Alegrou-se: a melhor amiga de João estava ali, viva, inteira, cansada, mas alerta, e ia ficar com eles naquela noite e talvez para sempre. João lhe deu a notícia que lhe chegara através de Lotta sobre a represa. Conhecendo a agonia da fuga de João do vilarejo de Várzea Pequena e tendo acompanhado os pesadelos e o sofrimento do marido ao longo dos anos, Kalu disse melhor assim. A represa não estourou. Ninguém morreu naquela inundação. João podia se livrar dos seus pesadelos. Não havia tragédia, apenas um aguaceiro de alucinações.

16. Facebook

De manhã, quando passei pela casa de João para saber como fora a ópera, a chuvinha leve parecia uma gaze se desdobrando sobre a vegetação do quintal. Na cozinha, Kalu servia café e tapioca. Sentado na cadeira de couro macio, feliz como um passarinho no ninho, João olhou para mim quando entrei e disse que eu me preparasse.

— A Lotta apareceu.
— Como?
— Vou lhe contar tim-tim por tim-tim. Mais tarde. Aí vem ela.

Lotta entrou dizendo bom dia, Kalu, bom dia, Manfred. Kalu riu:

— Um homem com dois nomes.
— Vamos rebatizá-lo.
— Isso, Lotta. Vamos chamá-lo de João-Manfred.
— Nada disso. O meu nome agora é João. E olhe para este lado, Lotta. Esta é Ana, nossa melhor amiga.

Seguiram-se gentilezas que se prolongaram por vários

minutos até que João disse a Lotta que precisavam conversar sobre algo muito sério.

— Fale, meu anjo.

— A Kalu e eu queremos você aqui em Manaus, morando na nossa casa.

Não precisou insistir. Lotta se sentia sozinha em São Paulo, o namorado morrera na prisão em 1969, ela nunca se casara e não tinha parentes. Na sua idade... nada melhor do que o carinho do sobrinho e a segurança de morar com ele e contar com a generosidade de Kalu.

— Não é generosidade — disse Kalu, abraçando Lotta. — Gostei de você logo que surgiu na porta de casa, os olhos vermelhos de chorar, o sorriso desmedido na cara sincera. Vi a mala na mão do João e pressenti naquele momento mesmo quem você era, antes mesmo do João dizer seu nome. Desejei que tivesse vindo pra ficar e preencher a falta que o João sentia de você. Agora tenho que correr. Preciso cuidar do restaurante.

Aproveitei a deixa e saí com ela. Nos dias que se seguiram, João me contaria os detalhes do encontro na ópera e me confessaria os conflitos que cresciam dentro da sua mente.

Naquela manhã, quando a chuvinha passou, João foi para o quintal levando Lotta pela mão para ver o marizeiro, as folhas lavadas, o tronco emergindo da lama. Lotta elogiou a árvore. Marizeiro? Umarizeiro? Nome indígena? Procurei e não encontrei a origem do nome, disse João. Descobrira que a maioria das pessoas chamavam o umari de mari e, no *Dicionário da língua tupi* de Antônio Gonçalves Dias, a palavra umari não aparece. "Mari" está lá, definida como "fruta da Paraíba. Nome indígena de Olinda". Foi o que descobrira, ele disse, e perguntou a Lotta o que achava. Ela comentou que, como ele, ela era uma velha curiosa. Gostava de dicionários e se lembrou de que João, quando menino, estava sempre lendo e escutando música, a ponto de parecer um tanto apartado da realidade. Depois saíram para uma caminhada e conferiram recordações e se perguntaram por que era tão importante repetir histórias, desfiando contos como contas do rosário, quase a esboçar uma novela.

Lotta notou que João estava ansioso. Ele confessou que não conseguia aceitar a ideia de que vivera sob a sombra de uma alucinação. Lotta o abraçou, não sabendo o que dizer. Depois João voltou a perguntar sobre Glória. Lotta contou que procurara Glória depois de ter lido no jornal a notícia do suposto sequestro.

— A Glória ficou surpresa quando me anunciei ao telefone. Demorou a entender quem eu era. A tia? A irmã? Desaparecera depois do golpe? Mas entendeu. Você tinha mencionado o meu nome em alguma ocasião. Ela tinha má vontade e também demorou a reagir quando sugeri um encontro. Acabou me convidando pra um café.

— Na casa dela?

— Não. Num clube muito elegante.

— Ela deveria ter chamado você em casa.

— Não pertencemos ao mesmo mundo. E percebi depois que ela queria ter a liberdade de terminar o encontro quando lhe conviesse, o que ficaria difícil se eu estivesse na casa dela. Ela deixou um convite na portaria do clube e estava me esperando na beira da piscina, de óculos escuros, um vestido de linho branco e uma echarpe quase transparente de suaves listas azuis. Não se levantou. Apenas estendeu a mão pra mostrar a cadeira a seu lado, me convidando a sentar, friamente distante debaixo do sol quente. Tive vontade de dar meia-volta e ir embora, mas não queria ser mal-educada.

— E como foi a conversa?

— Ela lamentou a nossa família, uma família condenada ao degredo, ela disse, pobre Manfred, um avô imigrante que se suicida, uma tia foragida e ele sequestrado. Fiquei chocada com a forma como ela alinhavou essas observações sem nenhuma emoção nem consideração pelos meus sentimentos. Depois disse que tinha um compromisso, mas que eu ficasse à vontade por ali quanto tempo quisesse.

Lotta se calou, recomeçando seu relato um momento depois:

— A Glória reclamou da ineficiência da polícia e da impunidade dos crimes no Brasil, esquecida de que essa mesma impunidade lhe protegeu o pai enquanto esteve vivo.

— Como?

— Você não acompanha o noticiário? A empreiteira de Damião está envolvida no escândalo da Petrobras.

— Não vi o nome de Damião de Barros nos jornais.

— Quando ele morreu, acho que em 1990, a empreiteira mudou de nome.

— Faz sentido.

Lotta e João se calaram. Caminharam de volta a casa, sentaram-se no quintal. João foi até a cozinha e voltou com a jarra de suco de graviola que Kalu deixara na geladeira antes de sair. Serviu dois copos e se deixou ficar pensativo por um momento. Pensara que havia esquecido Glória. Uma conversa e a imagem dela reaparecia com força. Logo voltou a falar da ex-mulher, perguntando a Lotta se a encontrara outra vez.

— Nunca mais a vi. Mas no ano seguinte, acho que foi no ano seguinte, não tenho certeza, vi nos jornais as fotos do casamento da Glória com o José das Pontes Filho, que, como o pai, era senador. Ela estava bonita, usando uma coroa de flores.

A cara de João ficou dura, os olhos parados, o maxilar

ressaltado, como se tentasse controlar um vulcão pronto para explodir. Lotta percebeu que ele não se sentia bem. Tentou se aproximar dele, mas João se afastou, caminhando para o fundo do jardim.

Uma ave desceu do céu num movimento espiralado. Sem pressa e completando o círculo numa virada perfeita, mergulhou numa descida vertical. Um solavanco para se livrar de um obstáculo menor e reemergiu com um lagarto no bico, retomando o voo. João reconheceu o falcão-mateiro, o pescoço e o peito branco com listas horizontais cinza-escuras, a cauda com duas faixas brancas, a membrana laranja forte cobrindo a parte superior do bico e envolvendo os olhos.

— O falcão-mateiro, morador da floresta — disse, virando-se para Lotta. E sentou-se, um pouco mais tranquilo. — Não sei explicar o que estou sentindo.

— Você ainda se importa com ela?

— Pensei que tivesse me esquecido dela.

Depois de um momento, João perguntou a Lotta o que mais sabia sobre Glória.

— Nada de especial. Se você quer saber mais sobre a Glória, é fácil. Você pode encontrar o que quiser sobre qualquer pessoa na internet. A Glória com certeza tem uma página com fotos no Facebook. Com o sobrenome do novo marido.

Antes das notícias que Lotta lhe trouxera, João acreditava que tinha perdido qualquer interesse em Glória. Não se lembrara dela durante anos. Desde que deixara Serra Pelada e era feliz com Kalu, já não se preocupava com a ex-mulher. A notícia do casamento com o filho do senador despertou sua insegurança. Como não vira o que estava acontecendo debaixo dos seus olhos? Ela fora infiel antes da sua fuga? Mais uma vez duvidou de si. Enxergou uma catástrofe que não acontecera. Deixara de ver com quem estivera casado. E a sugestão de Lotta? Por que não pensara naquilo antes? Se tivesse pensado, não a teria encontrado, pois antes de saber que se casara não acertaria o novo nome de Glória. Que sobrenome Glória usaria agora? Já não seria Glória Mann nem Glória de Barros. Ela se casara com uma coroa de flores e deveria usar o sobrenome do marido. Buscou o nome Glória Pontes no Google. A página abriu uma lista de resultados. O primeiro dizia: "Visualizar os perfis de pessoas com o nome Glória Pontes no Facebook. Participe do Facebook para se conectar com Glória Pontes e outros que você talvez conheça".

Entrando no Facebook, João descobriu que a primeira coisa que precisava fazer era criar uma conta. Seguiu os passos indicados: inventou o nome de Sebastião de Melo e uma data de nascimento em 1975, pôs a foto de um urso no lugar da que deveria ser a sua no perfil e um endereço falso em Manaus. Em seguida buscou o nome de Glória Pontes, escrevendo o nome dela no espaço correspondente a "procurar amigos". Existiam mais de dez perfis de mulheres com o mesmo nome. Usou Glória Pontes-São Paulo e, na foto pequena de perfil, a reconheceu imediatamente: os cabelos continuavam escuros, cuidadosamente pintados, o olhar hipnótico, o sorriso impassível. Ela podia estar usando uma foto antiga, quem sabe. Entrou na página dela e clicou em "adicionar aos amigos". No dia seguinte, ele era mais um dos 4623 amigos de Glória. Ou ela não prestava atenção ao aceitar amigos ou aquela era uma página para consumo público. Ali encontrou uma seção com dezenas de álbuns de fotografias. A primeira surpresa foi a descoberta da filha de trinta e um anos, muito parecida com a mãe. Sentiu um amargor crescer na garganta. Azia, talvez. Eram fotos caprichadas, Glória jovial entre a filha e o marido. Sentiu uma queimação na boca do estômago e uma dor no peito. Devia ser refluxo. Tentou se lembrar do que tinha comi-

do e abriu outro álbum, intitulado "Abroad", com dezenas de fotos, em que Glória aparecia, sempre segurando uma taça de champanhe, no átrio de entrada das mais famosas casas de ópera do mundo: The Royal Opera House, The Metropolitan, Alla Scala, Teatro Bolshoi, Ópera Garnier, La Fenice...
A cada foto, João engolia em seco, o café esfriando na xícara, a cabeça viajando, caralho de merda, mais uma pontada no estômago. João pensou sobre a natureza daquelas fisgadas, uma espécie de dor misturada com raiva. Azia? Ciúme? Inveja? A cabeça a mil. Azia. Ciúme não podia ser. Glória já não era dele. Como poderia, ao olhar aquelas fotos, pensar que tinha algo a perder? Deixaria de escutar as gravações que colecionara ao longo dos anos por despeito? Uma gravação jamais traz a emoção da incerteza que antecede um espetáculo ao vivo. As fotos lhe lembravam que ele era um homem sem passaporte e, portanto, incapaz de visitar as casas de ópera que Glória frequentava e ver os espetáculos que ela via. A inveja lhe roubaria seu mais acalentado prazer? João sentiu vergonha. Percebeu que estava suando. Levantou-se.

17. O peso do tempo

Os dias e os meses foram passando, e João cada vez ficava mais ensimesmado e sombrio. A tristeza não o deixava nem sequer nos momentos em que escutava Lotta, ainda interessada em política, comentando a disputa presidencial que se aproximava. Ele tentava prestar atenção. Lotta comentava a ausência de bons candidatos e de bons programas. Criticava Dilma e Aécio. Suspirava. E dizia que mesmo assim não desanimava, o país tinha sua própria dinâmica, pena que não seria ainda nos dias dela que a sociedade brasileira se faria mais justa.

Um ano depois, eu estava discutindo com a velha o movimento pelo impeachment da presidente e João nos ouvia desatento. Continuava tristonho, calado, entregue às próprias cismas. Depois nos disse que se surpreendera ao saber que Glória tivera uma filha. Não encontrara no Facebook a idade dela nem a data de nascimento. Poderia ter sido sua? Glória e Pontes Filho conversavam sobre ele? O que diriam? Ela o amara?

João voltou a me falar outras vezes dessas dúvidas. Eu escutava calada, desgostosa, impressionada que aquela mulher ainda tivesse poder sobre ele. Do que ele me contara, eu formara a imagem de uma beldade de cabelos negros, o olhar desafiador e confiante, em torno de quem os homens se colavam alvoraçados como moscas em volta de uma luz acesa numa noite de verão. Mas em vez de perguntar o que eles viam nela, eu gostaria de saber o que ela queria deles. Muitas mulheres aspiram conquistar um homem e ajudá-lo a ter sucesso na sua carreira. Mas das confidências que João me fazia, passei a acreditar que ela era uma histérica, que via como sua missão inspirar o desejo dos homens e fazê-los mais inteligentes, elegantes, poderosos. E do próprio João, o que pensar? O que ele ainda queria dela? O que andava sentindo? Uma espécie de desgosto ou mau humor que o impedia de apreciar tudo aquilo que antes o enchia de encantamento.

Um dia, quando estávamos todos no quintal, ele nos perguntou como saber o que é verdadeiro e o que é falso. Kalu e Lotta responderam numa só voz do que você está falando, a gente sabe, pronto, bastava não ficar especulando. E que deixasse as divagações para os filósofos, que elas lhe queriam muito bem, que podiam fazer um passeio no rio Negro, aproveitar o dia juntos, programar uma viagem ao Rio, quem sabe. João ouvia e se calava. Tentei reforçar o ponto de vista das duas mulheres, mas vi João olhar o próprio corpo envelhecido, e acho que percebi um certo amargor no movimento da sua boca quando ele olhava para Sati, jovem, em boa forma, alegre. Viver tantos anos para aprender o que era inveja. Eu pensava em Glória ressurgindo como um demônio, Lúcifer seria ela, Mulher do Satanás, Princesa das Trevas, Mulher do Bode-Preto, Mãe do Mal, Tendeira, a Danada. Não valia a pena pensar naquela mulher nem deixar que as suspeitas sobre ela se estendessem a outras mulheres, eu tinha vontade de lhe dizer. Um dia ele me perguntou se eu conhecia a inveja. Pare de se atormentar, eu lhe disse.

João passou a maioria das suas tarefas para o contador, que acabaria por assumir o cargo de gerente. Ia cada vez menos ao restaurante. Não queria sentir o incômodo que lhe causava a alegria dos outros. Deixou de ouvir óperas. Ficava sentado no quintal com o olhar perdido. Cruzava os braços em volta do próprio tronco, sentindo-se como debaixo de chuva, cercado de neblina. A realidade é mais difícil de agarrar do que o ar, dizia. Encafifado, dormia mal, comia pouco, cada vez mais enrustido e distante. Implorei que ele marcasse uma consulta com um médico, agora que as meditações de Sati já não surtiam efeito e ele não queria mais conversar comigo. Quem sabe um terapeuta, alguém que pudesse ajudar, aquilo não era normal.

As notícias do rompimento de uma barragem em Minas Gerais o deixaram nervoso. Olhou as imagens da vila arrasada pelo mar de lama, os restos das casas sem portas e sem tetos, procurou saber as causas do rompimento. Nenhuma explicação lhe bastava. Pensava que, se fora capaz de confundir uma alucinação com o rompimento de uma represa, seu entendimento de si próprio e das outras pessoas era ainda mais falso do que a lama. Começou a falar de Amélia, sua mãe. Talvez sua atitude de vítima atormentasse Gustavo e ele nunca percebera o sofrimento do pai. Nem dera aos pais o carinho de que eles pareciam tão carentes. Glória teria sido feliz com ele? Por que ele e Kalu não tiveram filhos? Agora era tarde demais. Seu tempo passara. O que fizera da vida?

De visita, sentada ao lado da velha com quem eu vivia discutindo por causa das opiniões que ela emitia sobre o caminho que o governo deveria adotar para combater a recessão, percebi que Lotta não queria falar de política. Ela me disse baixinho que João estava mais magro, envelhecendo e, se não se cuidasse, se curvaria ao peso do tempo. Perguntei-lhe se achava que João tinha ciúmes de Kalu. Ela me olhou desconfiada e não disse nada. Numa madrugada, João deixou a casa. Na mesa da sala jazia um longo bilhete sem destinatário onde ele explicava que, se emergências ocorressem, eu, grande amiga e boa advogada, saberia orientar Kalu. A casa e o restaurante já estavam no nome dela. E continuava:

Dizem que inventamos as nossas memórias. Eu não invento nada. Quer dizer. Não sei. Achei que não inventava nada. Onde fica esse lugar onde as pessoas normais carregam a vida? Confundi tudo. E já não sei quem sou. O João Alemão? O Manfred meio gringo? O filho da Amélia, incapaz de encontrar o espaço entre a esperança e o medo? O Manfred que imitou a Glória a ponto de se confundir com ela, sabendo adivinhar as respostas que ela daria em situações que não enfrentou? O João com certificado de nascimento falso, sem passado ou infância, e que encontrou o amor com a Kalu? O Manfred adiando o ciúme que chegaria tarde para envenenar a vida do João? Qual deles sou eu? Não sei mais. Sou aquele que se perdeu no meio do caminho. Quem? Um brasileiro? Há uma hora em que os bares se fecham e todas as virtudes se negam. *Não sou moreno. Não ponteei viola. Nem aprendi nas mesas de bar que o nacionalismo é uma virtude. Nunca fui poeta nem olhei pra mulher pensando nas estrelas e outros substantivos celestes. Nunca tive ritmo. Não tive amigos que me queriam. Nem inimigos que me odiassem. Kalu, Lotta e Ana: vocês me salvaram da solidão e a cada uma de vocês quero muito bem. Agora preciso me desfazer desse desejo enorme de recuperar alguma coisa irremediavelmente perdida, esse desejo do que poderia ter sido e nunca aconteceu.*

Os dias se passaram sem notícias, e Lotta começou a definhar, ficando mais fraca a cada dia. Kalu se dividia entre o quintal cheio da ausência de João e os cuidados que Lotta e o restaurante lhe exigiam. Numa manhã, Lotta não se levantou. Morrera durante a noite. Kalu não sabia onde encontrar João, e eu também não poderia ajudar. Antes da partida, João me mandara um longo e-mail e, embora mencionasse a intenção de voltar a se comunicar comigo, quando lhe respondi, recebi de volta uma mensagem automática comunicando que aquela conta fora cancelada. Ele não voltou a mandar notícias por um bom tempo.

18. Colha o dia

Na semana passada, recebi uma carta e uma caixa, onde se lia o endereço do remetente: Manfred Mann, Instituto de Ciências Sociais Aplicadas, rua Catete, 166, Mariana. Reconheci o endereço publicado no jornal como o local onde algumas organizações não governamentais recebiam doações para as vítimas do rompimento da barragem da Samarco em 2015. Na carta, João me dizia que confiava em mim. Que não deveria contar a Kalu onde ele estava. Nunca. E pedia que entregasse aquela caixa grande a Kalu, depois de remover o remetente e o endereço em Mariana. Pedia notícias de Lotta. Pensei como ia ser difícil lhe contar sobre a morte da tia e sobre o enterro. Teria de começar lembrando a ele que, sem seu e-mail e respeitando seu silêncio, teria sido impossível localizá-lo a tempo.

A carta continuava descrevendo em detalhes por onde ele andara. Assim fiquei sabendo que fora a Várzea Pequena. No povoado, nunca emancipado como município independente, João constatou que o vilarejo muito pobre conhecera dias melhores quando ali funcionara a usina de Damião de Barros e Zé das Pontes. João viu a sede abandonada, em ruínas. Da varanda meio coberta de terra, olhou a represa que a seca transformara num buraco quase vazio. Tonico, dono do único botequim do povoado, lhe contou que um vulto branco caminhava sobre as águas do açude quando chovia. Segundo o dono do botequim, através da cortina cinzenta formada pela chuva, dava para ver o vulto grande, não muito gordo, calvo e de óculos. Tarde da noite, se você escutasse com atenção, poderia ouvir a voz do fantasma, seus lamentos confusos, ladainhas e sussurros, que os distraídos confundiam com o barulho da água ou o grasnar de abutres. Era esperar pela chuva e ele apareceria de repente e desapareceria aos poucos, perdendo a forma, se confundindo com a neblina, se despedindo para visitar as águas do inferno.

    Depois João foi a São Paulo. Conseguiu o telefone da casa de José das Pontes Filho, ligou e escutou a mensagem gravada que remetia ao telefone do advogado Martim Fonseca. O advogado lhe informou que o casal se mudara para Miami e a casa de São Paulo estava à venda.

    No Teatro Municipal, João assistiu à ópera *Otelo*. Pensou que nada tinha em comum com aquele homem, que se transformava de general elegante e poderoso em assassino feroz. No dia seguinte, visitou uma galeria de arte em São Paulo, passou pela Sede da Cruz Vermelha brasileira, foi à rodoviária e comprou uma passagem para Mariana.

    Não perdi tempo. Fui à casa onde João morava. Apertei a campainha várias vezes e, não sendo atendida, usei minha chave, resolvida a deixar o presente que João enviara com um bilhetinho pedindo para Kalu ligar. Entrei e caminhei até a porta da cozinha que estava aberta. Olhei para o quintal. Parei prendendo a respiração quando percebi que Kalu e Sati, sentados debaixo do marizeiro, estavam de mãos dadas. Ela usava pouca maquiagem, a base leve, o batom rosa quase transparente. Ele disse alguma coisa sobre o perfume dela e lhe pediu um beijo. Ela se achegou com ternura. Ele perguntou:

— De quanto tempo você precisa?

— Temos tempo.

— Não, Kalu. Chegou a hora.

Ela lhe ofereceu um chá. Um pedaço do bolo de laranja, receita sua, antiga, benfazeja? Bati palmas e gritei ô de casa, e eles me olharam calmos e se levantaram. Caminhei com a sacola onde pusera a encomenda recebida por Sedex. Trocamos beijinhos. Eles me perguntaram o que seria e Kalu abriu a sacola, dela retirando uma caixa requintada de catuaba, forrada de veludo azul-marinho, com a grife de uma galeria de arte de São Paulo. Dentro dela estava uma estatueta e um certificado de origem que dizia: "Santa Bárbara, protetora por ocasião de tempestades, raios e trovões. Cedro, sem policromia, cinquenta e oito centímetros de altura, de um aprendiz de Antônio Francisco Lisboa, o Aleijadinho".

Junto havia um bilhete:

Kalu, aqui vai o meu presente de despedida. A gente segura a si mesmo, a vida e os sonhos, feito quem segura água nas mãos unidas em forma de concha. A água que a gente não bebe escorre entre os dedos e é impossível de reaver. A Ana sabe desatar nós e pode ajudar você a obter o divórcio ou, quem sabe, ela não consegue um atestado de óbito para o João da Silva? Quero que você seja feliz. Colha o dia. Com ternura, Manfred Mann.

Kalu começou a chorar e, antes que ela recobrasse o ânimo, eu me despedi. Ela telefonou dois dias depois. Perguntou se eu tinha o endereço de João. Como faria para comunicar-lhe a morte de Lotta? Eu disse que não se preocupasse. Eu cuidaria disso. Ela disse que estava pensando em vender a casa e se mudar para um apartamento onde a ausência de João não fosse tão presente. Concordei. Disse que ela deveria cuidar de si. Eu estava saindo de viagem, não sabia quando estaria de volta e não pretendia ficar debaixo da chuva me perguntando o que fiz da vida.

ESTA OBRA FOI COMPOSTA EM MERIDIEN PELO ESTÚDIO O.L.M. / FLAVIO PERALTA E IMPRESSA EM OFSETE PELA PROL EDITORA GRÁFICA SOBRE PAPEL PÓLEN BOLD DA SUZANO PAPEL E CELULOSE PARA A EDITORA SCHWARCZ EM JULHO DE 2016